당신이 좋아하던

유윤성

목차

01
여덟, 열여덟

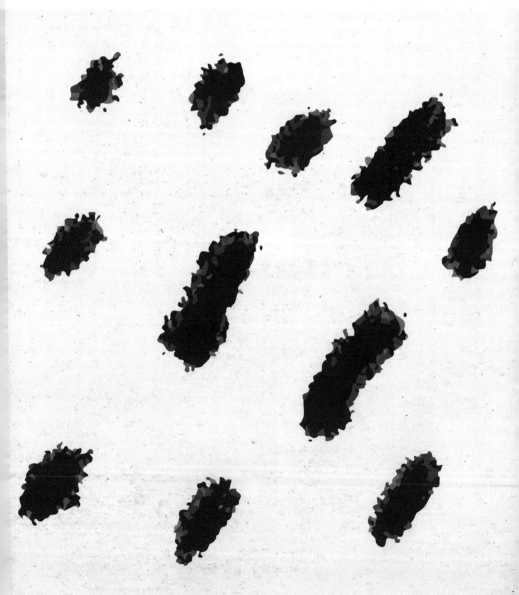

01

8살, 겨울이었다.

엄마는 유독 하얀 것들을 좋아했다. 옷을 고를 때에도 하얀 옷을, 가전제품도 하얀 것들을 선호했다. 저마다 마음에 드는 색이 하나쯤은 있는데, 엄마는 그게 하얀색이었던 것 같다. 눈이 내려 주위가 온통 새하얗게 물들면, 어린 내게 털장갑과 두꺼운 패딩을 입히고는 바깥 구경을 하곤 했다. 눈이 가득 쌓인 바닥에 팔다리를 움직여 천사 모양을 남기기도 하고, 그때의 내키보다 더 큰 눈덩이를 굴려 눈사람을 만들기도 했다. 그렇게 엄마랑 신나게 놀고 들어와 따뜻하게 몸을 녹이며 핫초코를 마시는 게 행복이라면 행복이었다.

엄마의 직업은 극작가였다. 어떤 극단이었는지 이름이 정확히 기억나진 않지만, 아빠와 함께 엄마가 일하는 극단의 연극을 보러 간 적이 있었다. 당시의 나는 어려서 엄마가 무대 위에 등장하는 줄로만 알았다. 엄마는 당연히 배우가 아니었기에 등장하지 않았다. 하지만 나는 연극 내내 엄마가 등장할 순간만을 기다리느라 무슨 내용이었는지 놓쳐버렸다. 그때가 처음이자 마지막으로 엄마의 연극을 봤던 날이었는데.

조각 조각난 기억이지만, 엄마가 가끔 연극에 대해 말하던 순간이 있다. 창작은 영감의 순간을 놓치지 않는 것이 중요하다며 달밤에 나랑 이야기하다가 노트북을 가져와 갑자기 작업을 하는 순간들 말이다. 당황스러웠지만, 멋져 보였다. 그에맞게 엄마는 늘 내게 하고 싶은 것을 해보며 사는 게 중요하다고 말했다. 어린애가 알아먹을 소린 아니지만.

"이번 학예회 연극에서 이 역할 맡아보고 싶은 사람?"

초등학교에 입학하고 첫 학예회였다. 각본은 담임 선생님이 짜신다고 했고, 20명이 채 되지 않았던 우리 반은 각자에게 역할이 딱 하나씩 주어졌다. 무대 위에서 연기를 하는 역할, 소품을 만드는 역할, 나레이션 역할 등등. 나는 자신 있게 손을 들었다. 엄마도 당연히 보러 올 테니깐, 기왕이면 무대에 보이는 역할을 하자고. 무대에 선다는 떨림보단, 엄마에게 보여주고 싶다는 기대감이 더 컸기에 나는 주인공을 자원했다.

준비기간은 2개월. 나는 주인공 역인 만큼 외워야 할 대사가 많았지만, 오히려 더 재밌었다. 다 같이 모여서 합을 맞추고 성공했을 때의 짜릿함. 빨리 무대에서 보여주고 싶다는 생각에 한껏 설레었다.

하지만 2개월이라는 시간은 뭐든지 일어나기 충분한 시간이었다. 아니, 2개월이 아니라 2년 동안 쌓여왔던 것일지도 모르겠다. 엄마와 아빠의 다툼이 잦았고, 내가 할 수 있는 건 찍소리도 내지 못한 채 방에 들어가 밖에서 들려오는 말소리에 신경을 곤두세우는 것뿐이었다. 그게 반복되자 없던 불안도 생겨나기 시작했다. 혹시 엄마나 아빠가 학예회 연극을 보러 오지 않으면 어쩌지?

학예회 날은 눈이 내렸다. 하늘에 구멍이라도 난 것처럼 펑펑 쏟아져 내렸다. 따뜻하게 입었는데도 다리가 오들오들 떨렸다. 나는 기대 반, 걱정 반으로 최종 리허설에 들어갔다. 리허설을 마치고는 이제 무대가 시작된다는 긴장감보다 엄마, 아빠가 오지 않으면 어쩌나 싶은 불안이 더 컸다. 그리고 무대가 시작되었다. 무대에선 강한 조명 탓에 아래가 잘 안 보였지만, 적어도 입장하기 전 커튼 뒤에 숨어서 관객석을 살필 수 있었다. 이야기의 절반 정도가 진행되었을까, 틈틈이 관객석을 살피는데.

엄마가 있었다.

아빠와 아영이도 같이 지켜보고 있었다. 엄마는 평소답지 않게 다채로운 색상의 꽃다발을 들고 있었다. 반가운 마음에 소리치고 싶었지만, 소리치는 건 무대를 완벽하게 끝내고 나서야. 그렇게 혼자 말을 삼켰다. 그리고 열심히 연습한 것이 빛을 발했는지, 연극은 큰 실수 없이 마무리되었다. 이후로 커튼콜. 적절한 음악과 함께 우리 반 모두가 나와 손을 맞잡고 관객을 향해 고개를 숙였다. 관객석에서는 너무 잘했다는 독려와 끝없는 박수가 이어졌다. 나는 그게 너무 기분이 좋았다. 엄마도 봤겠지? 어떻게 봤을까. 그런 궁금증이 한껏 차오를 때쯤이었다.

"미안해, 문영아. 정말 미안해……."

하얀 눈이 내리고 있었다. 추운 탓에 숨만 내뱉어도 새하얀 입김이 나왔다. 세상이 온통 엄마가 좋아하는 것들로 가득이었다. 하지만 정작 내가 손에 쥐고 있는 건 엄마가 좋아하지 않는 유채색상의 꽃들. 작별을 고하는 엄마를 보고 있자니 슬프지도 밉지도 않았다. 오히려 아영이의 손을 꼭 잡은 채 쩔쩔매듯 내게 사과를 건네는 모습이 엄마답지 않았다. 이 모든 게 싫었던 건지, 어땠던 건지. 현실감이 붕 뜬 기분이었다. 학교 학예회 연극의 마지막 장이 실은 이 장면이었던 걸까. 나는 결코 이 순간을 받아들일 수 없는데. 가장 의지했고, 절대 떠나가지 않을 것 같던 엄마가 내 마음에서 떠나가려 한다. 그래도 한 가지 교훈은 얻었다. 어떤 상황에서든 다 나와 같은 마음은 아닐 거라는 거. 그 교훈이 떠나간 빈자리에 습관처럼 박혀버렸다.

*

"그래서 연극은 어땠어?"

"너 되게 잘하더라. 다른 사람인 줄 알았어."

어느새 나는 이 무리에 자연스레 끼어있었다. 뭐가 발단이었더라. 그래, 현진이가 나더러 연극을 보러오라고 했던 것이 시작이었다. 원래 현진이가 이거저거 해보는 성격이긴 하지만, 이번 연도는 특히 그게 더 심했다. 아마 전역하고서 좀 더 도전적인 마인드가 생겼나 보다.

"현진이 말고, 전체적으로는 어떠셨나요?"

"아…… 전체적으로도 되게 좋았어요."

내 앞에 앉아있는 사람은 이 극단의 대표였다. 현진이가 소속되어 있는 담장이 극단의 대표. 그리고 지금 이 자리는 이번 분기 담장이의 연극 <밀로라드 쯔비요비치 박사>의 뒤풀이 겸 회식이었다.

"크흠. 혹시 문영 씨는 극단 생각 없으세요?"

사실 내가 이 자리에 있는 건 현진이 때문이었다. 뒤풀이까지 와보라며 매달릴 줄은 몰랐지만, 난 이 애의 열정을 높이 샀다. 한 가지에만 신경 써도 에너지가 주욱 닳는 나와는 달리 여러 가지의 취미와 일을 동시에 하면서도 성실하게 행동하는 모습이 본받고 싶달까.

"근데, 제가 4학년이기도 하고 시간이 되나 싶어서……."

내 나이는 어느덧 23살이었다. 휴학할 이유도 생각도 없어서 무작정 대학 생활을 보내왔던 나는 미처 준비도 안 되었는데, 사회에 내던져질 일만 남게 된 것이다. 아빠가 귀에 닳도록 영어 공부나 자격증 시험을 얘기했었는데, 나중으로 계속 미룬 것이 후회스러웠다.

"저희 그렇게 빡세진 않아요. 직장 있는 분들도 할 수 있을 만큼 유동적으로 운영되거든요."

대표는 손짓으로 이리저리 표현해 가며 계속 물었다. 일정이 생각만큼 어렵지 않다는 것과 개인 일정에 맞추어 역할 분담해 준다는 점 등등. 나를 어떻게든 끌어들이려는 모습이 눈에 선하게 보였다. 현진이도 가만히 듣다가 몇 마디 거들었다. 같이 하면 재밌을 것 같다고도 했고, 뜻깊은 경험이 될 수도 있다는 불

확실한 말도 해주었다.

하지만 지금 시기엔 더욱 안된다. 아직 사회에 나갈 준비가 전혀 되지 않은 내가 연극에 빠져 희희낙락할 순 없었다. 정말 열정이 넘치는 사람이라면 할 수 있을지도 모르겠다. 가령 현진이 같은 사람 말이다.

안타깝게도 난 이런 어른이 되어버렸다. 엄마가 떠나고부턴 어딘가 결여된 것처럼 조용히, 그리고 적당히 지냈던 것 같다. 처음 몇 년은 엄마가 미웠다. 그다음 몇 년은 체념하며 지냈다. 그리고 엄마와 보낸 시간보다 엄마 없이 보낸 시간이 더 길어지자 정말 아무렇지 않았다. 문제는 아무렇지 않아질 때까지 쏟아넣은 에너지가 너무 많았다는 것이다. 말을 조심하는 데에 신경 쓰고, 눈치 보는 데에 신경 쓰고, 비워내려고 신경 쓰다 보니 열정을 쏟아낼 에너지가 남지 않았다.

"죄송해요. 힘들 것 같아요."

나는 고개 숙여 사과했다. 다들 그렇게까지 말할 필요는 없다곤 했지만, 내가 할 말은 이것뿐이었다. 열심히 듣느라 음식도 안 집어 먹은 나머지 음식이 차게 식어서 무슨 맛인지 알기 힘들었다.

"그래도 바쁜데 연극 보러 와줘서 정말 고마워."

"이 정도 시간도 없을 정도는 아닌데 뭘."

버스 안엔 사람이 없었다. 현진이랑 둘이 타고 가는데 너무 조용한 나머지 어딘가 오싹했다. 아까 했던 거절이 괜히 기분을 상하게 했을까.

"괜히 곤란하게 한 것 같네. 미안."

"응? 뭐가?"

"그냥. 내가 괜히 뒤풀이도 오라고 해서, 계속 입단 생각 없냐는 소리만 들었나 싶어서. 나도 신나서 거들었고."

"아니야. 그 정도 얘기는 충분히 꺼내볼 수 있는 거지. 기분 나쁘진 않았어."

난 연극이 싫은 것도 좋은 것도 아니었다. 하얀색이 어떤 색과도 섞이듯이 나쁜 기억이 떠오르면 싫어지는 거고, 오늘처럼 친구가 보러오라고 하는 거면 굳이 나쁜 기억을 꺼내진 않는다. 그래서 뒤풀이도 나쁘진 않았다. 오히려 내가 너무 매몰차게 거절한 건가, 싶은 고민이 있었다.

"근데, 너 얼굴 좀 닦아야겠다."

"얼굴? 왜?"

"볼에 가루 같은 거 엄청 묻어있는데? 분장 덜 지운 거야?"

나는 볼을 가리키며 물었다. 그때 버스가 방지턱을 넘는 바람에 몸이 흔들려 내 검지가 현진이 볼을 콕 찔렀다.

"아, 미안."

나는 무심코 내 손가락을 봤다. 역시나 살구색 가루 같은 게 손끝에 묻어있었다.

"이거 봐. 잠깐인데도 이렇게 묻어나오는데?"

"와, 그러네. 집 가서 세 번 이상은 씻어야겠다."

현진이는 손으로 볼을 만질 뻔하다가 멈췄다. 그리고 그대로 손을 올려 눈을 찌르는 앞머리를 터는데 거기서도 분가루 같은 게 털렸다. 그것들이 내 옷에도 조금 묻게 되었다.

"헉, 미안! 이마까지 묻어있을 줄은……."

나는 옷을 힐끗 살폈다. 어두운 색상의 니트였는데, 살구색 분가루가 떨어지니 티가 많이 났다. 현진이의 눈에도 그게 보였는지 어쩔 줄 몰라 하는 얼굴이었다.

"괜찮아. 세탁하면 돼."

"세탁비라도……."

"괜찮대도."

나는 일부러 차분하게 말했다. 고작 이 정도로 호들갑 떨기도 싫고, 화를 내기도 싫었다. 하지만 저렇게 미안해하는 표정을 지으니 마음이라도 편하게 해줘야겠다는 생각이 들었다.

"이거, 비듬은 아니지?"

"아, 아니야……!"

"그럼 됐어. 너무 신경 쓰지 마."

나는 답지않게 코웃음을 쳤다. 좀 어색했을까. 그래도 현진이의 반응을 보니 나름 잘 먹혔나 보다. 긴장이 풀렸는지 안절부절못하던 어깨가 내려와 있었다.

"내려야겠네. 여기 아니야?"

내가 창밖의 정류장을 가리키자, 현진이는 그렇다면서 허둥지둥 내릴 준비를 했다.

"혹시 졸업하고서라도 입단 생각 있으면 언제든지 말해."

그렇게 말하고 현진이는 급하게 내렸다. 허둥지둥 내리는 모습은 여전했다. 현진이는 이런 거 저런 거를 다 하고 다니다 보니 뭘 자주 까먹고 산만했다. 난 애가 그럴 때마다 한 마디를 툭 던져주며 놓친 것들을 상기시켜 주었다. 현진이는 처음 알게 된 순간부터 지금까지 늘 그랬다.

　열여덟의 난 어딘가 텅 비어있다는 느낌을 자주 받았다. 야
자가 끝나고 친구들이 엄마의 차를 타고 돌아갈 때 혹은 시험을
보고 잘 봤다고 전화로 자랑할 때와 같은 순간들 말이다. 딱히
부족함을 느낀 적은 없지만, 부러웠던 건 분명했다. 사회시간이
었나, 선생님은 다양성의 존중을 배우는 부분에서 통념이라는
단어를 되게 강조하셨다. 우리가 당연하다고 생각하는 게 그렇
지 않을 수도 있다고, 그렇게 말하며 생각의 확장이 중요하다고
하셨다.
　생각의 확장. 좋은 말인 것 같다. 틀에 갇힌 사고방식에서 벗
어나 보자는 의도이니깐. 내가 지닌 틀은 평범한 가정엔 부모님
이 두 분 다 계신다는 거였다. 물론 이 틀에서 벗어나 있는 내가
틀 안에 있는 친구들에게 열등감을 느낀 적은 없지만, 어쨌든
이 통념에서 늘 벗어나 있다는 것 자체가 기분 나쁜 뒤틀림을
선사했다. 그 뒤틀림이 늘 나와 내 친구들 사이를 가로막은 탓
인지, 학교에서 대화하는 친구 몇 명은 있었지만, 굳이 따로 만
나서 놀거나 연락하는 친구는 없었다.
　점심시간에 눈이 자울자울 감기던 때였다. 날씨가 좋았고, 다
들 나가서 걷던지 떠들든지 할 때, 난 자는 것을 택하려던 참이
었다. 웬 남자애가 불쑥 내 앞에 서더니 이렇게 말했다.
　"신문영, 맞지? 혹시 나 좀 도와줄 수 있어?"
　나는 졸리던 눈을 비비며 명찰을 살폈다. 노란 명찰. 나랑 같
은 2학년이었다. 그 애는 투명한 엘자 파일에 있던 종이 한 장

을 꺼내 내게 건넸다. 종이엔 '심리 상담 동의서'라고 적혀 있었다.

"이게 뭐야."

"갑자기 이런 부탁 해서 정말 미안한데. 내가 생기부에 적을 게 좀 필요하거든. 혹시 도와줄 수 있어?"

나는 정신을 차리고 다시금 이 애의 얼굴을 살폈다. 모르는 얼굴은 아니었다. 아마 내 기억이 맞다면 교내 자기 진로 발표 대회에서 최우수상을 받았던 아이였다. 내가 이걸 기억하는 이유는 수상자들의 발표를 촬영으로 남긴답시고 방청객 학생을 몇 명 뽑아갔는데, 담임 선생님이 하필 나보고 방청객으로 다녀오라고 해서 얼굴을 기억하고 있었다.

"근데 왜 나한테 도와달라는 건데?"

"네가 내 앞번호여서…… 뒷번호인 애한테 부탁했는데 거절당했거든."

"아…….”

당황스러웠다. 분명 애가 진로 발표를 할 때도 심리 상담사를 하고 싶다고 말하긴 했지만, 이렇게 될 줄 누가 예상이나 했을까. 매몰차게 거절하자니 쭈뼛거리며 서 있는 이 애가 안쓰럽고, 막상 하겠다고 말하자니 상담이라는 키워드가 목에 걸렸다.

"뭘 하면 되는데?"

"진짜 별거 없어. 20분 정도? 나랑 상담 같은 거 하면 돼. 비밀 유지는 물론이고, 나도 성심성의껏 할 거야."

호언장담하게 말하는 눈빛의 힘이 장난 아니었다. 거절하기도 미안한 눈빛이었다. 게다가 긴 시간도 아니었고, 마침 할 것도 없던 참이었다.

"그래 뭐. 할게. 지금 하는 거야?"

내 대답에 그 애는 손뼉을 치며 정말 고맙다고 고개를 숙였다.

"지금도 괜찮으면 지금 해도 돼. 근데 여긴 너무 탁 트였으니깐, 상담실로 가서 하자."

교실에 사람은 없었지만, 상담 같은 것을 하기엔 무리가 있는 공간이었다. 갑자기 복도에 누가 지나갈지도 모르고, 비밀 유지까지 해준다는 말을 지키기엔 어려움이 있었다.

나는 그 애를 따라나섰다. 상담실은 같은 층 복도 끝에 있었다. 우리 학교에 상담실이 있던 이유는 당시에 학교 폭력을 방지하는 차원에서 만든 공간이었다. 물론 쓰이는 꼴은 거의 못 봤지만.

상담실 안은 서늘했다. 커튼은 내려와 있었고 암실처럼 불빛이 희미했다. 그 애는 아무렇지 않게 불을 켜고 자리에 앉았다. 나도 따라 앉았다. 그러고 보니 애 이름을 못 봤다. 졸린 정신에 명찰 색만 확인했지, 이름이 어땠는지를 못 봤다. 이제 와서 이름을 묻기엔 좀 그래서, 그 애가 파일에 있던 종이들을 정리할 때 명찰을 힐끗 살폈다.

이현진. 그 애의 이름이었다.

"일단 하겠다고 해줘서 정말 고마워. 뭐 엄청 무거운 상담을 할 생각은 없고, 간단하게 진로 상담 같은 거라도 해볼까 하는데 괜찮아?"

나는 괜찮다고 고갤 끄덕였다. 그러자 현진이는 종이에 무언가를 끄적이며 내게 이런저런 질문들을 던지기 시작했다. 첫 시작은 이랬다.

"넌 어떤 꿈이 있어?"

시작부터 난관이었다. 꿈 같은 건 생각해 본 적이 없는데. 사실 방청객으로 뽑힌 건 좀 짜증 났지만, 발표하는 아이들의 열망을 보는 건 나쁘지 않았다. 다들 자기가 준비해 온 피피티로 열심히 자기 진로를 발표하는 모습이 훌륭했다. 특히 현진이는 시작부터 끝까지 잘 짜인 글을 보듯이 완벽했다. 내가 위기감을 느낀 건지 자극을 받은 건지는 모르겠지만, 확실히 꿈이 있다는 건 멋진 일이었다.

그 이후로 질문이 계속 오갔다. 진로에 대한 얘기는 내가 정해둔 꿈이 없어서 포기했고, 내가 평소 좋아하던 것들이나 자주 생각하는 것들에 관해 얘기를 했다. 별 얘기는 아니었다. 취업을 생각해서 이과를 선택했고, 대학도 성적에 맞춰서 갈 생각이었다. 괜한 기분일 수도 있지만, 너무나도 완벽히 꿈을 정해둔 이 애 앞에서 아무것도 정하지 않은 내가 입을 여니 부끄러웠다.

내가 고개를 계속해서 숙였나 보다. 현진이는 상담하다 말고 자기 얘기를 꺼내기 시작했다. 자기도 줏대가 없는 놈이라고. 심리 상담사 하겠다고 이러고 있지만, 언제 또 바뀔지 모른다고. 아마 내가 계속 꿈이 없다, 생각해 둔 게 없다는 대답만 반복하고 고갤 숙이니 날 배려해 주는 것 같았다.

"상담은 이 정도로 충분해?"

"응 점심시간 뺏어서 미안. 매점 가서 뭐라도 먹을래?"

난 흔쾌히 승낙했다. 상담까지 했는데 이 정도는 얻어먹고 싶다는 생각이었다.

나랑 현진이는 아이스크림을 하나씩 든 채 운동장을 걸었다. 난 반에 가서 혼자 먹고 싶다는 생각이었는데, 애가 다 먹고 들어가자고 해서 그러자고 했다. 정당한 대가로 얻어먹은 아이스크림이었지만, 무시하고 혼자 들어가는 건 예의가 아니라고 생각했다.

"나 너랑 대화해 본 거 같은 반 되고 나서 처음이야."

아이스크림을 먹다 말고 뜬구름 잡는 소릴 했다. 나도 현진이랑 대화해 본 건 처음이긴 하지만, 그렇게 대단한 의의가 담긴 순간은 아니었다.

"근데 이런 말 해도 될 진 모르겠는데, 너 볼 때마다 늘 혼자더라. 막 엄청 다가오는 애들이 없는 건 아닌 것 같던데."

애는 자기 희망과는 별개로 상담사 재능은 없는 것 같다. 이제 대화한 지 얼마나 됐다고 이런 질문을 획획 던진다. 무례하다고 하기엔 아까 상담하면서 보여준 모습이 제법 젠틀했고, 손에 쥔 이 아이스크림이 꽤 달았다. 하지만 가볍게 묻고 답할 만한 질문은 아니었다.

"이것도 상담의 일부인 거야?"

"아니, 그냥. 괜히 물어봤다. 미안."

갑자기 찬 바람이 확 불었다. 나뭇잎 쓸리는 소리가 우리 주위를 채웠다. 조용해져서 어색 하려던 찰나였는데 잘 됐다, 싶었다.

"혹시 괜찮으면 번호 교환할래?"

현진이가 핸드폰을 건넸다. 이미 번호를 누르는 키패드가 켜진 채였다. 여기서 싫다고 거절하면 애는 날 뭐라고 생각할까. 아니 사실 거절해도 괜찮으려나. 여러 생각이 겹쳐 고민의 시간이 길어졌다.

"아, 그 불편하면 안 해도 되고……."

내 시선에 맞춰져 있던 핸드폰을 위로 들어 올렸다. 나는 그 모습에 별걸 다 고민한다고 생각하며 핸드폰을 뺏어 들었다.

"번호 정도야, 뭐."

그렇게 당황스럽다 못 한 점심시간은 끝이 났다. 이후엔 현진이가 자주 말을 걸어왔다. 특히나 애는 자기가 말했던 것처럼 여러 가지에 열정이 불타는 친구였다. 문제는 그것들을 나하고도 같이 해보자며 끌어들이는 것이었다. 같이 하면 재밌겠다는 갖가지 핑계를 대면서. 아마 담장이도 비슷한 이유겠지. 23살이 된 지금에서 봐도 애는 한결같았다.

02
청개구리

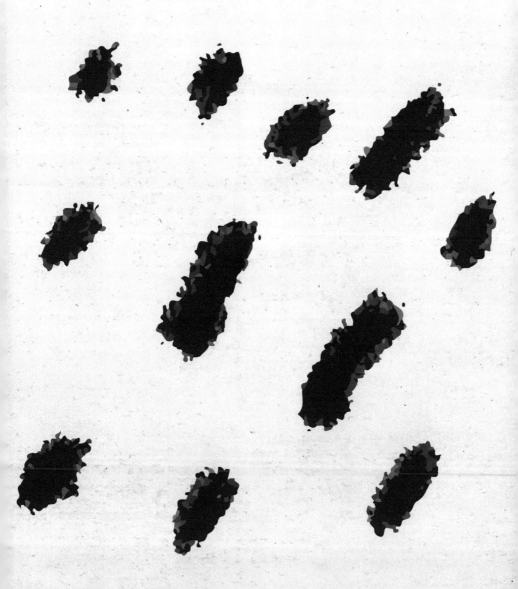

02

엄마는 분명 자주 찾아온다고 했었다. 미안하다고 말한 것과는 별개로 자주자주 찾아올 거니깐 걱정말라고 했었다. 나는 이 말을 철석같이 믿었다. 자주, 언제? 이렇게 물어보려 했지만, 엄마 입에서 내가 생각했던 것보다 더 긴 시간이 나올까 봐 묻지 않았다. 그때의 나는 일주일에 한 번은 볼 수 있겠거니 싶었다. 바보 같이.

*

엄마에게 연락이 온 건 불과 3달 전이었다. 어쩌면 잊을 만큼 잊었다고 생각했는데 가만히 있던 내게 불현듯 문자 한 통으로 큰 파장을 일으켰다. 처음엔 보이스피싱 같은 건 줄 알았다. 이렇게 기분 나쁘게 사기를 치나 싶어 썩은 표정으로 문자를 무시했었다. 하지만 사기라기엔 문자가 또 한 번 왔고 마냥 피하고 싶다는 생각도 들었지만, 아빠한테 말해보기로 했었다.

"엄마한테 연락이 왔다고?"

"응. 무슨 사기 문자인 줄 알았는데, 한 번 더 왔어. 나만 괜찮으면 만나고 싶대."

전화 너머 아빠의 목소리엔 많은 고민이 담겨 보였다. 아빠의 표정을 볼 순 없었지만 어땠을지 상상은 갔다.

"문영아. 넌 어쩌고 싶어."

아빠의 목소리엔 내 선택에 대한 존중이 담겨 보였다. 내가 어떤 선택을 하건 존중해주겠다는, 그런 목소리 말이다.

하지만 난 결정할 수 없었다. 내가 결정할 수 없어서 아빠한테 전화한 건데 나한테 묻다니, 좀 너무했다.

"너도 성인이니깐. 네 마음 끌리는 대로 해. 아빤 참견 안 할게."

그게 제일 어려운 건데. 책임이 부여되는 성인이라는 나이. 23살인데도 난 아직 미련했다.

몇 날 며칠을 고민했던 것 같다. 만나서 대체 무슨 얘기를 해야 할까. 만약 사과 같은 걸 한다면 받아줘야 할까. 고민 끝에 내린 선택은 결국 만나본다 였다. 이유를 딱 하나로 짚을 순 없었지만, 적어도 내겐 만나는 걸 선택할 권리 정도는 있다고 생각했다.

첫 만남의 엄마는 내가 예상하던 모습과는 많이 다른 모양새였다. 되게 멀끔하고, 잘 차려입었다. 관리도 잘했는지 주름이 별로 안 보였고 머릿결도 되게 좋아 보였다.

그래서인지 나는 어딘가 얹힌 것 같은 기분이 들었다. 어색한 건 둘째 치고, 너무 멀끔한 엄마의 모습에 시샘이 났다. 아니면 난 엄마가 무슨 죄인처럼 앉아 있기를 바랐던 걸까. 하지만 그것과는 별개로 엄마는 별다른 말이 없었다. 마치 어제 만났던 사이처럼 아무렇지 않게 내 안부를 물었다. 미안하다는 사과조차 안 하는 거야? 자주 찾아온다며. 난 이렇게 묻고 싶었다. 가만히 있던 사람 마음을 술렁여 놓고, 태평하게 밥이나 사주고 있는 모습은 내가 바라던 바는 아니었다.

"나와줘서 고마워 문영아. 혹시 다음번에도 이렇게 밥 같이 먹어도 될까?"

나는 싫다고 말하려고 했다. 하지만 입이 옴짝달싹 떨어지지 않았다. 싫어요. 그 한마디면 되는데, 그거면 되는데.

"알았어요."

난 역시나 미련하다.

*

지금이 몇 번째 만남이더라. 거의 달에 한 번꼴로는 연락이 왔으니 아마 세 번 정도는 된 것 같다.

어제 봤던 연극이 생각났다. 내 인생에서 두 번째 연극이었다. 첫 번째 연극은 엄마가 직접 집필했던 연극이었다. 엄마가 등장할 타이밍만 기다리느라 내용이 어땠는지 기억나지는 않지만.

날이 제법 추웠다. 아직 겨울이 들어설 날씨는 아닌데, 후리
스도 어림없는 추위였다. 엄마를 만나러 가는 길은 늘 오묘한
기분을 준다. 구르는 낙엽도, 바로 옆에서 쌩쌩 달리는 차들도
길거리에서 다투는 어른들도 다 나와 상관있는 것 같은 기분이
든다. 엄마를 만나는 이 상황이 너무 비현실적으로 다가와서 그
런 걸까. 차라리 옆에서 구르는 낙엽이 내 다리를 쳐서 부러졌
다는 말이 더 그럴싸한 것만 같았다.

"왔니?"

엄마는 먼저 도착해 앉아있었다. 파스타가 맛있기로 유명한
서양 음식점이었다.

"어떤 거 좋아해? 알리오 올리오?"

엄마는 추운 날씨에 코를 훌쩍이는 나를 보고도 메뉴판에 손
가락을 대며 정하기에 바빴다. 그래도 날은 안 추웠냐, 정도는
물어봐 줘야 하는 거 아닐까.

"전 까르보나라요."

"그래? 엄마도 그거 시키려고 했는데. 그럼, 엄마는 필라프
주문할 테니깐 같이 나눠 먹을까?"

"네, 그렇게 해요."

생각해 보니 까르보나라는 엄마 취향이기도 했다. 토마토보
단 이게 더 맛있다면서 까르보나라를 자주 먹었다. 아마 이것도
하얀색이라며 엄만 참 하얀 것들을 좋아한다고 생각했던 기억
이 남아있다. 근데 음식까지 하얀색인 것들을 좋아한다는 게 지
금 생각해도 특이했다. 그럴 수 있나?

음식이 나오기 전까지 엄마는 이런저런 이야기들을 많이 했

다. 이제 졸업 준비해야 하는데 힘든 건 없냐는 질문도 있었고, 따로 생각해 둔 회사는 있는지도 물었다. 아쉽게도 밥 먹으면서 듣기 좋은 질문들은 아니었다. 안 그래도 불편한 사이가 더 불편함으로 메워지는 기분이었다.

"아이고. 떨어졌네."

엄마가 자기 접시에 필라프를 담고 있던 순간이었다. 실수였는지 들던 숟가락을 바닥에 떨어뜨리고 말았다. 엄마의 오른손엔 굳은살이 제법 박혀있었다.

엄마는 각본 원고를 컴퓨터가 아닌 손으로 직접 쓰는 것을 고집했다. 컴퓨터는 금세 쓰이는 대신, 고민의 시간이 짧아진다며 200자 원고지에 한 글자 한 글자 손으로 적어 내렸다. 엄마의 피부는 연했다. 조금만 연필을 오래 쥐어도 굳은살이 심하게 박히는 사람이었다. 그래서 어린 시절 엄마의 오른손, 특히 중지에는 굳은살이 심하게 박혀있었다. 어렸던 나는 아무것도 몰라서 그 손을 메 만지며 느낌이 신기하다고 버릇없이 말하곤 했다.

"아직도 연극 하세요?"

엄마가 떨어진 숟가락을 집고 고개를 들려던 참이었다. 하지만 내 질문에 제동이라도 걸린 것처럼 움직임이 딱딱해지기 시작했다. 나도 물어볼 생각은 없었는데. 갑자기 튀어 나간 내 말에 스스로도 당황스러웠다.

"이젠 안 하지. 관뒀어."

좀 씁쓸해 보였다. 적어도 내 기억에 엄마는 연극에 진심인 사람이었는데. 밤늦게까지 원고를 작업하다 책상에 엎드려 자는 모습을 빈번히 보았었다. 헝클어진 머리카락. 퀭하게 다크서 클이 내려온 눈. 하지만 불평은 없던, 그것이 내가 기억하는 연극을 사랑하던 엄마였다.

하지만 도대체 무엇 때문에 관두었는지 묻기엔 엄마의 표정이 그걸 허락하지 않았다. 괜히 물어보다간 체할 것 같았다. 엄마는 별말없이 새 숟가락을 달라고 하고 는 옆에 있던 에이드를 한 모금 삼켰다. 나도 답답해진 분위기에 물을 한 모금 삼켰다.

엄마와 헤어지고 향했던 방향은 어느 술집이었다. 현진이도 있지만, 희솔이와는 정말 오랜만이었다. 마침 한 정거장 정도밖에 안 되는 거리여서 걸어갔다.

엄마가 연극을 관뒀다는 말이 머릿속을 떠나지 않았다. 메아리라도 치는 것처럼 관뒀다는 말이 계속 울렸다. 어느 정도였냐면, 신호등 불이 초록색으로 되어도 몇 초간 멍하니 서 있을 정도였다. 횡단보도를 건너는 사람들이 이상하게 보는 시선이 느껴지고 나서야 허겁지겁 건너갔다. 분명 기온은 그대로인데도 추위가 심하게 느껴지지 않았다. 아까는 너무 추워서 덜덜 떨면서 걸었던 것 같은데.

어느새 만나기로 했던 술집 앞이었다. 이미 저녁을 먹어서 배는 불렀지만 오랜만에 만난다는 생각에 조금 들뜬 채로 들어갔다.

"어! 여기야, 여기."

시끌벅적한 식탁들 사이로 나를 부르는 하나의 손짓이 있었다. 나는 그 손짓을 보고 북적거리는 틈새를 겨우 비집고 들어와 앉았다.

"좀 늦었네?"

"어디 좀 다녀오느라."

술집 안이 따뜻해서 그런지 멍했던 정신이 돌아오는 기분이었다. 난 희솔이 옆 의자를 꺼내어 앉았다.

"되게 오랜만. 뭐 하고 지냈어?"

"그냥 학교 다니고, 그렇게 지냈지."

희솔이는 들어올 때부터 뚫어져라 내게 시선을 고정하고 있었다. 오랜만이라 반가운 건 알겠는데, 좀 부담스러웠다.

나는 의자 뒤에 후리스를 벗어두고 물 한 컵을 마셨다. 아까까지 추운 바람을 쐬다가 따뜻한 곳에 들어오니 묘하게 피로가 몰려왔다.

"이제 곧 졸업인데, 준비는 잘 돼가?"

"되는대로 하고 있어."

희솔이는 턱을 괴며 옆에 앉은 나한테로 몸을 틀었다. 졸업. 오늘따라 유달리 자주 듣는다. 엄마도 그렇고 애도 그렇고. 조금 지겨울 정도였다. 내가 하는 졸업인데 왜들 그리 관심이 많은지. 살짝 짜증이 날 것 같았다.

"문영. 왜 이렇게 까칠해. 무슨 일 있어?"

"어? 아니. 그냥 좀 피곤해서."

"그래? 흠. 일단 시킬까?"

"난 밥 먹고 왔어. 너희 둘 먹고 싶은 거 시켜."

희솔이는 가끔 나를 애 취급하는 면이 있었다. 내가 키가 작아서 그런가. 꼭 그럴 때마다 옆구리를 검지로 쿡 찌르고는 내 기분을 살폈다. 내가 간지럼이 없어서 그렇게 찌른다고 반응하

는 건 아니었지만, 강아지 같은 눈으로 날 쳐다보니 굳은 얼굴
이 풀릴 수밖에 없었다.

희솔이랑 알게 된 건 중학교 3학년 16살의 가을이었다. 우리
학교는 여중이었고, 난 xx라는 친구에게 끌려다니는, 정확히
말하면 호구처럼 그 애에게 당하고 있었다. xx는 지금 생각해
보면 참 저열했다. 체육이 있는 날 아침부터 체육복을 빌려 가
놓고는 체육 시간이 돼도 돌려주지 않았다. 때론 점심시간 줄을
서고 있으면 내 앞으로 달려와 한 번만 부탁한다고 새치기했다.
물론 한 번이 아니라 여러 번이었다. 하지만 그런 짓들이 반복
돼도, 난 굳이 화내지 않았다. 귀찮았는지, 그냥 차분했던 건지.
그러다가 사건 하나가 터졌다.

'너희 집 아빠밖에 없다며. 엄마는 어디 계셔?'

xx가 어디서 이런 사실을 듣고 왔는진 모르겠다. 건너 건너
나랑 같은 초등학교였던 아이들에게 들었던 걸 수도 있고, 우연
히 인적사항을 봤을지도 모르겠다. 난 나도 모르게 손이 나갔
다. 한 번도 이렇게 화낸 적은 없었는데. 내가 할 수 있는 한, 있
는 힘껏 그 애의 뺨을 쳤던 것 같다. 때는 미술 시간이었고, 앞
사람의 캐리커처를 그리고 있었다. xx와 난 하필 앞자리라 서
로를 그려주고 있었지만, 뺨 사건 이후로 그림은 엉망이 되었
다. 그리고 소문은 삽시간에 퍼졌다.

xx는 비열한 수법을 사용했다. 자긴 정말 위로해 주려고 물
어본 건데 내가 뺨을 쳤다고. 난 xx가 지금껏 은근슬쩍 괴롭혀
왔다고 호소하고 싶었지만, 그럴 힘이 없었다. 난 친하다 할 친
구가 없었고 xx는 많았다.

그렇게 내가 벼랑 끝에 몰린 순간, 희솔이가 등장했다. 희솔이는 같은 반 반장이었다. 자기가 여태 xx가 하는 행동들을 다 봐왔다며 진짜 가해자는 내가 아니라 xx라고 날 변호했다. 왜 이렇게까지 해주는지 의문이 들었지만, 궁금증과는 별개로 xx와 희솔이의 말다툼은 순식간에 손이 나가는 싸움으로 바뀌었다. 나도 엉겁결에 말렸고, 반 아이들도 급하게 달려와 말렸다.

그 싸움 때문에 징계위원회가 열렸다. 좋게 마무리하려던 걸 xx가 더 키웠고 결국 희솔이와 xx, 둘 중 한 명은 징계를 피할 수 없는 상황이었다. 하지만 xx의 평소 이미지가 선생님들에게 안 좋았다는 점과 나에게 했던 발언, 그리고 내 진술로 징계는 희솔이가 아닌 xx가 받게 되었다.

나중에 희솔이한테 왜 이렇게까지 해준 거냐고 물었을 땐, 잠자코 당하고 있는 내 모습이 너무 답답해서, 그리고 xx가 난리 치고 다니는 꼴을 보기 싫어서 그랬다고 답했다.

어느새 우린 같이 다니는 횟수가 늘어나 있었다. 같은 반 반장 정도의 거리감에서 안부 정도는 묻는 사이로. 그러다가 친구 사이로. 어쩌다 고등학교도 같이 가게 되어 현진이랑 세 명 이서 친구 사이가 되어 있었다.

음식이 나오기 전, 잠시 화장실에 들렀다 온 참이었다. 아까는 정신이 없어서 미처 못 봤는데 탁자 아래에 천 가방으로 잡다한 짐이 한가득 들어 있었다.

"근데 이 짐은 뭐야?"

"이거? 내가 활동하는 단체 포스턴데, 한번 볼래?"

희솔이가 가방에서 돌돌 말린 무언가를 집더니 자신 있게 양 손으로 펼쳐 들었다. 내용이 '극단 담장이 인원 모집'이었다. 순간 내가 잘 못 본 건가 싶었다. 그게 아니면 이 애들이 나를 상대로 몰래카메라라도 하는 걸까. 그렇지 않고서야 이런 상황 이 연속해서 일어날 리가 없다. 어제 현진이의 부탁으로 담장이 연극을 보고 왔더니, 오늘 희솔이는 담장이 인원 모집 포스터를 꺼내 들었다. 분명 이상한 상황이었다.

"나 작년에 극단 들어갔다고 했잖아. 왜 모르는 눈치야?"

"아, 아니야⋯⋯! 연출 공부한다고 극단 들어갔다고 했잖 아."

생각해 보니 희솔이는 연영과였다. 원래는 연극 연기에 관심 이 많았지만, 연출도 공부해보고 싶다고 하며 어떤 극단에 입단 하게 됐다고 말했었다.

"연출?"

그런데 현진이가 연출이라는 말에 의아하다는 듯한 표정을 보였다. 그렇게 큰 목소리는 아니어서 희솔이는 못 들은 것 같 은데. 괜히 예민해진 탓일까, 나에게는 선명하게 들렸다.

「넌 왜 모르는 눈치야.」

혹여나 옆에서 볼 새라 탁자 밑에 숨긴 채로 문자를 보냈는 데, 현진이는 무음으로 해뒀는지 핸드폰을 꺼내 볼 생각조차 하 지 않는 것 같았다. 내 궁금증은 여기서 더 커지기 시작했다.

아마 내 기억이 맞다면 희솔이가 연출을 공부해 보고 싶다며 입단한 게 작년 이맘때, 그리고 현진이는 자기 입으로 저번 학 기 초에 입단했다고 했으니 반년 전쯤. 그럼, 현진이는 희솔이가 담장이 소속이라는 걸 모를 리가 없다. 근데 저 놀란 토끼 눈은 아무것도 모르는 모양새였다.

"내가 지금 담장이에서 활동 중인데, 넌 못 봤는데?"

나도 아까부터 궁금한 사항이었다. 왜 너희 둘이 서로 모르는 듯한 눈치인 거야. 설마 둘이 같은 극단인 것도 모를 정도로 대화 같은 게 없는 걸까. 아무리 생각해도 그건 아니다. 어떤 팀플레이건 대화는 더욱이 필요할 텐데.

"응? 네가 담장이라고?"

"이번 학기 초부터 들어와서 하고 있는데, 널 본 기억이 없거든. 대표님한테 들은 얘기도 없고."

그 말에 희솔이는 탄식을 내뱉었다. 어느 부분에서 그랬는진 모르겠지만, 저 반응을 보니, 아무래도 자신과 현진이의 시기가 어디서 어긋났는지 알아챈 것 같았다.

"그게, 사실 내가 저번 학기는 활동을 쉬었거든."

활동을 쉬었다라. 그렇다는 건 이번에 다시 활동을 시작한다는 말인 걸까.

"그래? 뭐 때문에?"

"엄마, 아빠랑 진로 문제로 싸웠었어. 그래서 저번 학기도 아예 휴학하고…… 아무튼 그랬어."

생각해 보니 그랬다. 희솔이네 부모님을 마주친 건 고등학교 졸업식 날이었다. 보통 졸업식 날엔 꽃다발 같은 걸 한 아름씩 가져오시는데, 애 부모님은 어딘가 달랐다. 되게 고풍스러운 옷을 입고 오셔서 일단 축하는 한다, 같은 어투로 하얀 봉투만 건네시는데, 나는 무슨 드라마를 보는 줄 알았다. 봉투 안에 비친 돈이 얼마인진 모르겠지만, 평소 희솔이가 입고 다니는 옷이나, 그날 학교 주차장에 있던 비싼 세단을 미루어 보았을 때, 애는 틀림없이 부자일 터였다.

"그래서 지금은 해결된 거야?"

"잘 모르겠네."

그러고 보면 희솔이는 학창 시절부터 연기에 참 관심이 많았다. 반에서 대뜸 상황극을 펼치질 않나, 국어 시간에 토론 수행 평가를 한답시고 앉혀놓으면 토론 시간을 재판 드라마로 만들어 버리질 않나. 여러모로 독특했다. 그래도 성적은 꽤 좋았다. 아마 보통 애 정도의 성적이라면 부모님이 바라는 대학이나 학과가 명확했을 텐데, 애는 곧이곧대로 연영과에 지원했다. 야자 시간이었나. 나한테도 하소연한 적이 있었다. 자기는 어릴 때부터 연기하고 싶다고 꾸준히 말해왔었는데, 처음엔 응원해 줄 듯이 굴다가 이제 와서 말을 바꾸는 게 얼척이 없다고. 나는 듣기 좋게 위로해 주긴 했다만, 솔직히 그 성적이면 부모님의 마음이 이해 안 가는 것도 아니었다.

"아, 몰라. 오랜만에 모였는데 이런 얘기 말고 다른 얘기나 하자."

희솔이가 찡그린 얼굴을 풀면서 잔을 들었다. 괜찮은 건가. 생각해 보니 유독 몇 달 전부터 연락이 안 됐었다. 그땐 별거 아닐 거라고 생각하고 넘겼었는데. 휴학까지 했을 정도면 크게 다툰 걸까. 웃고 있는 모습이 조금은 걱정스레 느껴졌다.

계산하고 가게 문 앞에 서 있을 때였다. 달밤에 추운 날씨 탓이었는지 새하얀 입김이 나오는데, 문이 벌컥 열리더니 희솔이가 기지개를 켜며 나왔다.

"으아, 오랜만에 재밌게 떠든 것 같네."

"그러게."

오랜만이라 쌓여있던 얘기가 많았다. 성인이 되기 전까진 친구들 보기가 이렇게 어려워질 거라곤 생각 못 했는데. 추운 공기 탓인지 아까의 즐거웠던 온기가 싹 빠져나가고 현실감이 발끝부터 차오르는 기분이 들었다.

"그러게는 무슨 그러게야. 넌 별로 말 없었잖아."

희솔이가 나를 쿡 쿡 찔렀다. 사실 희솔이와 친구가 되고서 우리 둘의 포지션은 늘 일정했다. 얘가 나한테 안기면 나는 그 응석을 받아주는, 그런 친구 관계였다. 물론 자주 그랬던 건 아니고, 오늘처럼 오랜만에 만나거나 조금 피곤할 때 유독 그랬다. 다른 사람한텐 그러지 않는 것 같은데, 나한테만 그게 심했다. 그러다가 가끔 내가 시큰둥하거나 자기가 뭔가 마음에 안 드는 것이 있으면 이렇게 내 정곡을 쿡 쿡 찔렀다.

"넌 극단 생각 없어? 현진이도 하는데."

"난 졸업도 해야 하고…… 아직 준비도……."

말문이 막혔다. 하필 엄마가 연극을 그만뒀다는 얘기가 떠올랐다. 난 연극을 미워한 적도 좋아한 적도 없지만 엄마가 그만뒀다는 얘기는 좀 충격이었다. 엄마가 좀 미웠는데. 그래서 엄마의 무엇이라도 할퀴어보고 싶은 생각이었는데, 오히려 내가 카운터를 맞은 것 같은, 그런 기분이었다.

"둘이 뭐해?"

"그냥. 문영이도 입단 생각 없는지 꼬시고 있었지."

현진이 목소리였다. 화장실에 다녀온다더니, 기막힌 타이밍에 등장해 줬다.

"시간도 늦었는데 헤어질까?"

"그래. 그러자 그럼."

더 있어봤자 날은 추울 대로 추웠고, 이만 헤어지기로 했다. 희솔이는 입단 권유에 제대로 답해주지 않은 것에 입을 삐죽 내밀었지만, 난 해줄 말이 없었다. 우린 그렇게 골목에서 헤어졌다.

구름이 많이 껴서인지, 유독 어두운 길목이었다. 나랑 현진이는 가는 방향이 같았다. 날이 추워서 그런지 애는 자기가 입은 점퍼를 꽁꽁 싸매며 걸었다. 턱이 떨리며 치아가 부딪히는 소리가 났다. 그래서 그런지 아무 말이 없었다.

"근데 되게 신기하네. 어떻게 너랑 희솔이랑 둘 다 담장이에……."

"그러게. 나도 좀 놀랐어."

적어도 애네들은 지레 걱정하지 않고 도전하는 친구들이다. 나와는 달리. 그게 종종 부럽게 느껴졌다. 졸업도 졸업이지만, 내가 내 인생에서 제대로 된 선택을 내려본 적이 있을까. 아무리 생각해도 그런 적은 없었던 것 같다. 엄마와 이별할 때도, xx에게 괴롭힘을 당할 때도, 현진이가 상담 동의서를 건넬 때도 늘 휩쓸렸다.

엄마가 연극을 그만두었다고 했다. 그건 또 하나의 선택이었을 것이다. 나를 놔두고 갔을 때처럼, 그리고 3달 전 갑작스레 연락한 것처럼. 어쩌면 청개구리 심보 같은 반항심에서 나온 선택일 지도 모르지만, 처음으로 난, 결단을 내려보고 싶어졌다. 그것도 졸업 막바지인 이 시기에 연극을 해보겠다는 결단을.

"나 담장이에 입단하고 싶어."

"어? 진짜?"

"응. 일정은 조율할 수 있는 거지?"

"당연하지! 당장 말해야겠다."

현진이는 놓치지 않겠다는 듯 곧바로 핸드폰을 꺼내 들었다. 춥다고 점퍼를 꽁꽁 싸맬 때는 언제고 싱글벙글 웃으면서 연락을 보내는 모습에 웃음이 나왔다.

03
실수도 전부

03

이틀 뒤 대표님에게 문자가 와있었다. 입단하기로 했다는 걸 현진이한테 들었다면서, 모임 날 30분 정도 일찍 볼 수 있겠냐는 연락이었다. 그래도 무턱대고 모임에 참여하는 것보단, 어떻게 운영되는지 정도는 듣고 참여하는 게 좋을 것 같다는 말이었다.

모임 장소는 '전일빌딩245' 라는 건물이었다. 이곳에 오래 살긴 했지만 생전 처음 듣는 건물 이름이었다. 1년 전부터 공사하던 건물을 하나 보긴 했는데, 그거 같기도 하고. 버스로 15분 정도 걸렸을까, 내려서 몇 걸음 걷다 보니 핸드폰 지도상으론 건물 앞에 도착해 있었다. 딱히 건물 이름이란 건 안 보였고, 그냥 겉으로 보기엔 멀끔한 신축 건물이었다.

대표님은 3층 303호를 회의실 겸 연습하는 공간으로 쓰고 있다고 그랬다. 3층은 깔끔하고 조용했다. 303호 말고도 다른 방들도 몇 개 있었다. 문마다 안을 볼 수 있게 유리로 된 틈이 있어서, 나는 303호 앞에서 여기가 맞나 하고 안을 조심히 살폈다.

"문영 씨?"

"엇. 안녕하세요······."

대표님은 복도에서 종이컵을 든 채 날 보고 있었다. 어쩐지 303호 안에 아무도 안 보이는 것 같다 싶더라니. 난 고개를 숙이고 인사했다.

"잘 찾아오셨네요. 여기 맞아요. 들어가시죠."

나는 고개를 끄덕이며 문고리를 돌렸다. 안은 밖에서 유리 틈으로 보는 것보다 훨씬 넓었다. 연습할 공간으로 쓰기 좋은 정도. 그리고 한 가운데엔 회의하기 위해 놔둔 탁자가 있었다.

"졸업 때문에 힘드실 줄 알았는데, 혹시 무슨 이유로 입단하겠다고 결심하신 거에요?"

갑자기 마음을 바꾼 이유를 물어볼 것 같긴 했지만, 막상 구구절절 설명하려니 좀 그랬다. 엄마가 떠났다가 3달 전에 갑자기 연락이 오고, 이젠 연극을 관뒀다고 해서 저도 모르게 도전하게 되었다고 어떻게 말하겠어. 지나친 설명은 굳이 하고 싶지 않았다.

"현진이 연기하는 모습이 나름 멋있어 보여서요. 현진이도 재밌다고 적극 추천하기도 했고요."

"현진이가 큰 역할을 해줬네요. 하하."

시원하게 웃는 모습에 조용했던 분위기가 풀려갔다. 대표는 몇 가지 일정들을 간단하게 소개하면서 어떤 식으로 준비하고 진행되는지를 짧게 소개했다. 자세한 건 직접 참여해 봐야 피부로 느낄 수 있다고. 특히나 내가 곧 졸업이라 시간이 많지 않다는 사실도 고려하고 있다고 했다.

"사실 문영 씨가 작은 흥미 정도에서 시작한다는 것쯤은 알고 있어요. 담장이가 1순위가 되긴 힘들어도, 이왕 입단하기로 하신 거 연극을 준비할 때만큼은 최선을 다해주셨으면 좋겠습니다."

진지하게 말하는 모습에 나도 모르게 침을 삼켰다. 왠지 제대로 할 생각 없으면 물 흐릴 생각 말고 나가라는 것처럼 들렸다. 물론 홧김에 해보겠다고 한 거긴 하지만, 적어도 남에게 피해 끼칠 생각은 없었다. 남에겐 작은 흥미로 보일지 몰라도 열심히 해볼 의지는 충분히 있었다.

"아, 근데 문영 씨는 연극을 해보는 건 처음인가요?"

"아뇨, 여덟 살 때…… 학예회로 해봤었어요."

이건 말하지 말걸. 열여덟도 아니고 여덟 살이다. 뭘 대단한 경력이라고 내뱉었는지. 얼굴이 조금 달아오를 것 같았다.

"그래도 아예 처음은 아니시군요."

"네……."

"좋아요. 이제 곧 다른 친구들도 올 시간이니깐요, 편히 쉬고 계세요."

시계를 보니 어느새 30분이 지나있었다. 4시 57분 정도. 내가 4시 25분에 이 건물 앞에 도착했으니, 정말 필요한 만큼의 얘기만 한 것 같다.

잠깐 화장실에 갔다가 다시 돌아오는 길이었다. 복도에서 누가 내 어깨를 살포시 붙잡았다. 순간 화들짝 놀라서 몸을 뒤로 틀었는데, 희솔이었다.

"문영? 여기서 뭐 해?"

희솔이의 반응을 보니, 아직 내가 입단하기로 한 건 못 들었나 보다. 현진이가 희솔이한테 얘기할 줄 알았는데. 희솔이의 표정엔 반가움과 놀람이 둘 다 있는 것 같았다. 뭐라고 말해 줘야 할까. 현진이 하는 거 보니, 재밌어 보여서 입단하기로 했어? 그러고 보니 희솔이는 내가 현진이 연극을 봤다는 것도 알까.

"뭐야. 솔! 이제 다시 활동하는 거야?"

"응. 그렇게 됐어."

복도 저 끝에 있던 여자가 희솔이를 보더니 반가운 체했다. 저 사람은 누구였지. 뒤풀이 때 본 기억이 없었다. 사람이 제법 되었으니, 내가 미처 못 본 걸지도 모르지만, 꽤 튀는 얼굴이었다. 가만히 있어도 이목이 끌리는 얼굴. 그나저나 갑자기 끼어든 이 사람은 내 존재는 새카맣게 잊은 채 희솔이랑 신나게 떠들기 시작했다.

"너 없느라 연출 제법 애 먹었다구. 나 혼자 떠맡느라 얼마나 힘들었는지 알아?"

저 앙탈을 부리듯 말하는 얼굴엔 희솔이에 대한 반가움이 담겨 보였다. 오랜만에 봐서 즐거운 것 같은 표정. 말하는 걸 들어 보니 아마 같은 연출이었던 것 같은데, 꽤 친했나 보다. 희솔이가 어쩔 줄 몰라 어색하게 미안하다고 하는 표정도 나한텐 제법 웃겼다.

"어! 혹시 저번에 현진 씨 친구라고 뒤풀이 오신 분 아니세요?"

갑자기 희솔이와 대화하다 말고 나를 빤히 쳐다보더니 물었다.

"네, 맞아요."

"와, 맞구나. 저도 그때 그 자리에 있었거든요. 기억 못 하시겠지만, 그때 워낙 피곤하고 거지꼴이라 모자를 푹 눌러쓰고 있어서……."

정말 에너지가 넘치는 사람이었다. 보통 이런 사람들은 연출보다 배우를 하지 않나? 그런 생각이 들 정도였다. 물론 내가 연극을 잘 몰라서 하는 틀에 박힌 소리일 수도 있다. 그만큼 내 앞의 이 사람은 정말 활기찼다. 뒤에서 듣고 있던 희솔이도 반쯤 정신을 놓은 것 같았다. 희솔이랑 알고 지내면서 저런 표정은 처음 봤다.

"저기, 끼어들어서 미안. 뒤풀이는 무슨 소리야?"

"아! 넌 모르겠구나. 이분이, 현진 씨라고 너 쉬고 배우로 들어온 분 있는데, 그분 친구거든? 근데 현진 씨가 연극 보러오라고 초대해서 어쩌다 보니 뒷풀이까지 오셨거든."

"아…… 그랬구나. 난 몰랐네. 현진이 연극 봤어? 재밌었겠다."

희솔이는 어딘가 아쉬운 표정을 내비치며 뒤에 있던 문고리를 잡았다. 생각해 보니, 내가 현진이 연극을 보고 왔다는 얘기를 안 해줬구나. 희솔이가 이렇게 꼭 서운한 표정을 보이는 건 결국 내가 또 실수해서 그렇게 된 경우가 많았다. 물론 깜빡하고 말 못 할 수도 있는 거지만, 희솔이는 은근히 그런 것에 서운해했다.

"근데 문영 씨라고 했죠? 제 이름은 홍아라예요. 잘 해봐요!"

희솔이가 문을 열기 전, 갑자기 손을 뻗더니 악수를 청했다. 난 희솔이 눈치 보느라 바쁜데 이 사람은 어쨌거나 정말 밝구나. 어쩌면 연극이란 건 아라 씨처럼 에너지 넘치는 사람들이 하는 거 아닐까. 그런 선입견이 생길 뻔했다.

문을 열고 들어가니 이미 몇몇 사람들이 자리에 앉아있었다. 대표도 아까 나와 이야기했던 자리에 그대로 앉아있었다.

"아라야, 밖에서부터 무슨 말이 그렇게 많니."

대표가 말했다. 하긴 목소리가 좀 크긴 했다. 게다가 문 하나를 사이에 두고 그렇게 떠든 셈이니, 거의 들으라고 한 셈이나 다를 바 없었다. 아라 씨도 조금 쑥스러운지 머리를 긁적이며 죄송하다고 하고는 자리에 앉았다.

"희솔이는 오랜만이네. 이제 다시 활동해도 괜찮은 거지?"

"네, 괜찮아요. 갑자기 못 할 것 같다고 해서 정말 죄송해요."

"아니야, 아니야. 연극 하나 끝나고 새 연극 들어가기 전에 말한 거잖아. 아무런 문제 없었어."

희솔이가 죄송하다며 얕게 고개를 숙였다. 대표는 정말 괜찮다고 계속 손사래를 쳤다. 대표는 은근히 분위기를 잘 풀어주는 사람이었다. 아까 나와 얘기할 때도 그렇고, 지금도 분위기가 가라앉을까 싶어 익살스럽게 말하는 것 같았다.

그나저나 오늘 모임은 신입 부원 인사 겸 간단한 소개를 한다고 했다. 현진이는 과제가 있다고 못 온다고 하기는 했지만, 그렇다고 해도 사람이 꽤 없는 것 같았다. 이게 정말 전부인가? 연극에 대해 잘 모르지만, 이런 소수의 인원으로 진행이 되려나, 싶은 생각이 들 정도였다.

"사실 오늘이 오티인 셈인데 이번에 지원이 적기도 했고 개인 사정으로 탈퇴한 사람도 조금 있어서 여기 모인 사람이 거의 전부네요."

대표가 웃으며 말하긴 했지만, 상황이 그렇게 썩 좋아 보이진 않았다. 무슨 이유인지는 몰라도 그만큼 사람이 적다는 말이니깐. 불현듯이 내가 이런 상황에서 잘 해낼 수 있을까 하는 걱정이 앞서기 시작했다. 사람도 적고 어수선한 분위기인데, 나같은 초짜가 어떻게.

"문영 씨?"

"네?"

"자기 소개해 주실래요? 문영 씨 차례여서."

생각이 다른 곳으로 샌 나머지 자기소개 차례가 온 줄도 몰랐나 보다. 날이 추워서 땀이 흐르진 않았지만, 내 속 어딘가에서 식은땀이 줄줄 흐를 것만 같은 기분이었다.

"어디 안 좋아? 왜 이렇게 꿍해 있어."

옆에 앉아 있던 희솔이가 소곤소곤 물었다. 지금 내 모습이 남에게는 그렇게 보일 수도 있겠구나. 적당히 이름, 나이 정도만 말하자. 가볍게. 그런 생각으로 입을 열었다.

"안녕하세요. 저는 신문영 이구요. 23살입니다. 잘 부탁드립니다."

다음 차례는 희솔이였다. 아까부터 굉장히 부담스러운 시선을 보내는 것 같은데, 내가 너무 벙찐 얼굴을 하고 있어서 그런가 보다.

"안녕하세요. 저는 이희솔이고, 조연출을 맡고 있어요. 사정이 있어서 상반기에는 잠시 활동을 쉬다가 이번에 다시 복귀하게 되었어요. 아, 그리고 옆에 있는 문영이랑 현진이까지 셋 다 같은 고등학교 동창이에요. 잘 부탁드립니다."

내 소개가 끝나기 무섭게 말을 이어갔다. 마치 기다리기라도 했다는 것처럼 능숙하게 소개했다. 그리고 소개가 끝나자 가만히 듣고 있던 아라 씨가 '뭐야, 동창이었어?' 라며 놀란 것 같은 얼굴을 보였다. 이 말을 시작으로 회의실은 금세 시끌벅적해졌다. 동창 셋이 같은, 그것도 연극이라는 취미를 공유한다는 게 꽤 신기하다는 반응이 주를 이뤘다. 하지만 현진이랑 희솔이가 취미라고 말할 정도지, 난 아니었다. 그래서 나는 그 정돈 아니라고 말하고 싶었지만, 이미 어수선한 분위기에서 내가 끼어들 틈은 없었다.

몇 분을 시끄럽게 떠들었을까. 대표가 가볍게 박수를 두 번 치며 이목을 집중시켰다.

"우선, 자기소개는 다 끝났으니깐 짧게 연극에 대해 말해볼게요. 연극이 영화나 드라마랑은 다른 점이 뭐라고 생각하세요,

문영 씨?"

"어…… 생동감?"

대표가 갑자기 나를 콕 집어 물어서 좀 놀랐다. 신입이라서 그러는 건지. 꼭 이렇게 가만히 앉아있는 사람을 가리켜 묻는 꼴이 희솔이를 떠오르게 했다. 얘는 바로 옆자리에 앉아있으면서도 내가 이런 걸 은근히 싫어했다는 걸 알긴 하는 건지.

"맞아요. 생동감. 프레임 안에서 상영되는 영화나 드라마는 아무리 뛰어난 연기를 보여도 극복할 수 없는 간극이 있죠. 물론 연극에서는 표현하기 힘든 연출로 극의 몰입도를 높이는 게 영화나 드라마의 메리트라고도 생각합니다. 하지만 어쨌거나 저흰 극단이잖아요? 그러니 연극에서 표현할 수 있는 것들을 해야겠죠."

구구절절 다 맞는 말이라고 생각했다. 좀 뻔하다고 들릴 수도 있는 얘기들. 나라고 연극을 안 해본 건 아니니깐. 물론 경력이라고 말하기 부끄러울 정도로 어린 나이에 한 번 해본 게 전부였지만 말이다.

"예를 들어볼게요. 식탁 위에 있던 물병을 가방에 넣는 장면이 있어요. 그런데 배우가 실수로 가방에서 손이 미끄러져, 물병을 바닥에 떨어뜨렸어요."

탁자 옆에 있던 플라스틱 물병을 휙 밀었다. 그러자 물병이 바닥에 나뒹굴면서 큰 소리가 났다. 한 번이 아니었다. 여러 번 바닥에 튀기던 물병은 조용했던 회의실을 사정없이 소음으로 채워버렸다.

"이건 명백한 실수죠. 물론, 드라마 촬영이었다면 컷! 하고

48

다시 찍으면 돼요. 하지만 연극은 다르죠. 모든 게 생중계나 다름없고, 오히려 그런 실수들은 관객들의 이목을 집중시키니깐요."

어쩌면 실수가 가장 크게 드러나는 분야는 연극이지 않을까. 무대 바깥의 관객들은 다 무대를 응시하고 있고, 배우들의 행동 하나하나를 주의 깊게 보고 있을 것이다. 그런 상황에서 실수라면, 참 끔찍할 것 같다는 생각이 들었다.

"물론 재치 있는 사람이라면, 애드리브로 자연스레 넘길 수 있을 겁니다. 하지만 모두가 다 그렇지 못하고, 모든 상황을 다 애드리브로 넘길 수 있을지도 잘 몰라요. 그래서 저흰 사실 관객과 사전에 '합의'를 해놓는 것이나 다름없습니다."

합의? 무슨 합의를 말하는 걸까. 이 모든 건 다 연극이고, 배우들의 연기니깐 이런 실수 정도는 봐달라는, 그런 합의를 말하는 걸까.

"실수들도 전부 다 연극의 일환이다. 물병을 잘 못 떨구는 것도, 대사를 하다가 저는 것도, 심지어 관객들이 재밌는 장면에서 즐겁게 웃는 것도 말이죠. 사실 '합의'라는 말을 썼지만, 이런 게 연극의 묘미랄까요? 하하."

적어도 이 말은 제법 멋있는 것 같다는 생각이 들었다. 연극이 캐릭터의 인생을 담은 것이라면, 그런 실수들은 어디서나 발생할 수 있다. 우린 다 실수하면서 살아가니깐. 완벽하게 살아가는 사람이 몇이나 되겠어. 애초에 그 완벽이라는 것도 사람이 정해놓은 잣대로 가늠하는 것 아닌가. 가만 보면 참 틀에 박힌 사고가 위험한 것 같다.

틀에 박힌 사고, 생각의 확장, 실수……. 내가 몇 번이고 머릿속에서 적었다가 지웠다가 반복했던 것들이었다. 유연하다는 건 그만큼 충격에 더 잘 버틴다는 것. 여덟 살의 난 얼마만큼 유연했을까? 그때의 유연함이 지금의 날 만들어 버린 걸까.

*

하늘이 꽤 어두워져 있었다. 대표님은 연극의 기본에 대해서 이것저것 설명하시다가 OT를 마쳤다. 솔직히 좀 지루할 줄 알았는데, 역시 연극 하는 사람이라 그런가, 말하는 내용이 귓가에 쏙쏙 박혔다. 열정도 대단해 보였다. 적어도 내가 느끼기엔 말하는 내용들이 하나 같이 다 신중하게 고민한 흔적이 느껴졌다.

"몇 번 타고 간댔지?"

"나 23번."

정거장 안내판을 힐끗 살폈다. 다른 사람들과는 방향이 달라서 정거장엔 나와 희솔이만 덩그러니 남아 버스를 기다리고 있었다. 내가 탈 버스도 희솔이가 탈 버스도 15분은 넘게 기다려야 했다.

"어떤 것 같아? 할만할 것 같애?"

"그냥, 그럭저럭……."

할만할 것 같냐고 물어도 오늘은 딱히 한 게 없었다. 간단히 자기소개만 하고 설명 몇 가지만 들은 것이 전부였다. 내가 이

질문에 자신 있게 할만하다고 답하기엔 이른 감이 있다는 기분
이 들었다.

"아직은 머리가 복잡하지?"

"응…… 조금."

"원래 연극이라는 게 그래. 신경 써야 할 게 한, 두 개가 아니
고 실시간으로 관객들한테 보여주는 거니깐."

희솔이가 내 어깨에 손을 살포시 얹었다.

"그래도 막상 해보면 꽤 재밌을 거야. 이거만큼 생생한 기분
을 느끼게 하는 게 없거든."

희솔이의 얼굴엔 앞으로 할 연극에 대한 설렘이 보였다. 재
미있겠지, 분명. 나도 그럴 것 같은 예감이 든다. 잘하던, 못 하
던 열정이 모이면 재밌으니깐. 물론 그만큼 연극과 연기를 사랑
해야 가능할지도 모르지만, 연극을 미워한 적은 없으니깐 그건
어려운 일이 아닐 것이라고 감히 생각해 보고 있다.

"근데…… 현진이 연극은 어땠어? 말해줬으면 같이 보러 갔
을 텐데."

"아. 미리 말해줄걸. 미안."

"괜찮아, 뭐……."

그리고 몇 초간 정적이 있었다. 무슨 말이라도 하려는 듯한
얼굴이어서 가만히 있었는데 아무 말 없이 조용했다. 바람 소리
랑 차 지나가는 소리만 들렸다. 추운 탓에 다리만 덜덜 떨고 있
었다.

"이건 다른 얘기긴 한데…… 난 네가 적어도 극단에서 활동

51

할 때만큼은 다 드러냈으면 좋겠어. 연기는 너부터 솔직해야 자연스레 되는 거거든."

"어? 으응, 알겠어."

희솔이가 이렇게 말하는 데에는 아마 xx의 영향이 있을 것이다. 그 사건 이후로 희솔이와 부쩍 친해지긴 했지만, 난 그 사건 이후부터 말하는 걸 조금 지겹게 느꼈기 때문이었다. 굳이 떠들어봤자 좋을 건 없구나, 하고. 덕분에 안 그래도 말수가 없던 성격이 더 조용해졌다는 소릴 많이 들었다. 희솔이도 이런 날 걱정해서 이러는 건진 모르겠지만, 가끔 내 눈치를 살피는 걸 보면 어느 정도는 내 속마음을 꿰고 있는 게 아닐까. 그런 생각을 간간이 했다.

"나 먼저 갈게. 다음에 봐."

어느새 23번 버스가 도착해 있었다. 급하게 버스에 올라타는 뒷모습에 잘 가, 라고 인사하고는 곧바로 뒤따라온 버스를 탔다.

기숙사에 도착하자마자 침대에 몸을 맡겼다. 이만큼 피곤했던 하루는 없던 것 같다. 손도 발도 너무 시려서 따뜻한 물에 담그고 싶었지만, 그런 게 다 필요 없을 정도로 누워있는 게 너무 달콤했다. 겉옷은 벗어두고 누워야 했는데. 지퍼도 안 내린 채로 드러눕던 때에 주머니에서 진동이 느껴졌다. 현진이의 연락이었다.

「희솔이도 봤어?」

「응. 저번에 말했던 대로 연출이더라고. 그리고 아라 씨라는 분이랑 되게 친해 보였어.」

「아라 씨? 그랬구나. 몰랐는데.」

생각해 보면 참 다양한 사람들이 모여 있는 곳 같았다. 대표님도 그렇고, 홍아라 씨랑 희솔이, 현진이까지. 이 사람들 말고도 다른 사람이 있긴 했는데 당장은 떠오르지 않았다. 하지만 그럼에도 저마다의 색이 뚜렷했달까. 한 명, 한 명이 연극에 대한 소망을 지닌 사람들이었다.

하지만 그런 소망 가득한 얼굴들을 보고 있으면 절로 엄마가 생각났다. 열정, 반짝임. 그런 것들을 가지고 있는 사람들은 다 저마다의 색이 뚜렷했다. 그만큼 남의 기억에 더 쉽게 박히고.

엄마의 색은 아무래도 하얀색이 맞는 것 같았다. 연극을 사랑하던 엄마의 모습은 백지처럼 순수해 보였으니깐. 물론 엄마가 하얀색을 좋아해서, 엄마를 떠올리면 자연스레 하얀색이 연상되는 것도 있었다. 게나가 엄마는 꽃마저도 겨울에 집 앞에서 피던 하얀 수선화를 좋아했다. 왜 그렇게 하얀색을 좋아했는진 잘 기억나지 않는다. 너무 어릴 때였고, 사실 엄마가 떠나고 나선 일부러 관심을 두지 않았다.

몸을 이리저리 뒹굴고 있을 때였다. 갑작스레 울리는 벨소리에 화들짝 놀라 나도 모르게 누워있던 상태에서 일어나 앉았다. 누구지? 핸드폰을 들어 화면을 확인했다. 아빠의 전화였다.

"집이야?"

통화 너머의 아빠 목소리엔 피곤함이 묻어나 있는 것 같았다. 나는 아빠가 이런 목소리로 전화가 올 때면 피곤함을 전화로나마 풀어드리고자 애썼다. 오늘 하루 있었던 이야기를 꺼내면서.

"아, 맞다. 나 극단에 들어갔어."
"그래? 근데 갑자기 극단은 왜?"
"현진이 알지? 걔가 대뜸 나보고 연극을 보러 오라고 하더
니……."
현진이 얘기로 아빠와 나 사이의 대화를 가득 채웠다. 현진
이가 연기를 꽤 잘했다느니, 연극이 제법 인상적이었다느니. 그
런 얘기들로.
"그러고 보니, 달에 한 번 정도 엄마 만난다고 하지 않았어?
언제 봐?"
"그저께 만나고 왔어."
"그래…… 알았어. 들어가."
전화를 끊고 앉아 있던 침대 위로는 추위가 맴돌았다. 이 기
숙사는 보일러가 중앙통제라 제대로 틀어주지도 않는다. 창밖
을 보니 진눈깨비가 흩날리고 있었다.
그저께 만났던 엄마는 어땠었지. 연극을 관두고 다른 일을
하는 것 같던 엄마는 별로 행복해 보이지도, 하얘 보이지도 않
았다. 사실 내가 바라던 바 아니었을까. 첫 만남에서 보였던 멀
끔한 모습이 불쾌하기까지 했으니깐. 솔직히 이렇게까지 생각
해 보기도 했다. 엄마가 날 떠난 순간부터 엄마의 하얀색은 얼
룩지기 시작했다고. 날 떠났으니, 벌을 받은 것이라고. 그래서
내가 연극을 해보기로 한 건, 엄마를 약 올리고 싶은, 내 작은
복수라고.

04
성숙함

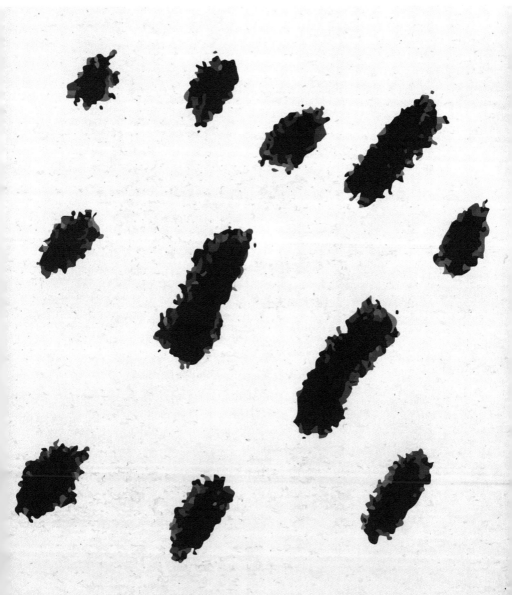

04

일주일 뒤, 다시 모임 날이었다. 모임은 새 연극 각본이 정해
지기 전까진 주 1회로 진행된다고 했다. 이제 곧 중간고사인데
걱정인 점은 연습이 시작되면 아마 주 3회 정도는 나와야 한다
는 사실이었다. 각본이 언제쯤부터 정확해질 진 모르겠지만, 일
주일에 세 번씩 나와서 연습하며 시험을 준비하는 건 조금 무리
일 수도 있겠다는 생각이 들었다.

회의실 문 앞부터 굉장히 시끌벅적했다. 들어가니, 희솔이랑
아라 씨 그리고 대표님께서 종이 여러 개를 앞에 펼쳐두고 열심
히 이야기 중이었다.

"오셨네요."

대표님이 먼저 인사해서 나도 고개를 꾸벅 숙이고는 빈자리
에 앉았다. 맞은편엔 아라 씨와 희솔이가 열띤 토론을 하고 있

었다. 아마 둘 다 연출이니 그거에 관한 이야기인 듯 싶었다.

"안녕하세요. 문영 씨 맞죠?"

"아, 네 맞아요. 채림 씨…… 맞죠?"

회의실에 들어올 때부터 앉아있던 사람이었는데, 나도 모르게 빈자리를 찾다 보니 이 사람 옆이었다. 권채림 씨는 나와 같은 신입이고, 자기소개 때 들었던 기억이 맞다면, 28살의 직장인이었다. 취미로 꾸준히 연극 연기를 해온 경력이 있는 사람이었다.

몇 분이 지나자 대표님이 고개를 쓱 돌려 사람 수를 세어 보더니 말했다.

"일단 아라가 새로운 기획을 했다고 하는데, 한 번 나와서 말해볼래?"

대표님의 말에 아라 씨가 조용히 앞으로 나왔다. 그러고는 구석에 있던 화이트보드를 질질 끌어 모두에게 보이게끔 세웠다. 자신 있게 검정 보드마카를 들더니 팔을 있는 힘껏 뻗어 크게 크게 무언가를 쓰기 시작했다.

사, 랑

사랑이었다. 기획한다는 게, 사랑? 저걸 키워드로 잡고 간다는 걸까.

"동서고금을 막론하고 로맨스는 늘 재밌죠! 그래서 이번에 제가 첫 기획을 시도해 보려는데, 사랑. 그것도 '어떤 상황에서든 서로를 이해하는 사랑'을 메인 주제로 잡고 연극을 진행해 보려고 해요!"

고개를 돌리더니 당차게 말했다. 목소리에 힘이 있던 건지,

내용에 설득당한 건진 모르겠지만, 주제만 들었을 땐 괜찮은 것 같다는 생각이 들었다.

"스토리는 정해졌나요? 아, 창작이 아니라 기성 각본으로 하시나요?"

희솔이가 손을 들었다. 아마 둘 다 연출이라 스토리 같은 건 알고 있을 텐데. 일부러 이 타이밍에 질문을 던지라고, 미리 이야기해 둔 것 같은 얼굴들이었다.

"좋은 질문이에요! 스토리. 우선 완벽하게 구성한 건 아니지만, 대략적인 그림을 말해보자면……."

아직 정해진 스토리는 아니지만, 요약하자면 남자는 뒷골목 조직의 보스이고, 여자는 아무것도 모르는 평범한 사람인데 서로의 상황을 이해 못 하다가 마지막 순간에 서로를 이해하는 그런 이야기였다.

그리고 아라 씨의 설명이 끝나기 무섭게 여러 사람이 손을 들어 질문 공세를 하기 시작했다. 조직의 보스면 조직원들이 여럿 등장해야 하는데, 인원수는 어떻게 채울 건지. 처음 말했던 어떤 상황에도 서로를 이해한다는 주제에 맞는지. 이 이야기 자체가 관객에게 너무 뻔하게 다가오지는 않을지 등등. 아라 씨는 질문을 들으면서 열심히 그것에 답하고, 부족한 부분에선 보완할 점을 열심히 공책에 적는 것을 반복했다.

나는 손을 들진 않았다. 아직 난 질문할 정도의 수준은 아닌 것 같다는 생각도 있었고, 다들 쉴 틈 없이 질문하는 통에 어차피 내가 끼어들 틈이 없었다. 그리고 오늘 보고 느낀 건데 희솔이와 아라 씨가 은근히 죽이 잘 맞는 것 같았다. 질문에 대답할 때도 그렇고, 서로가 놓치고 있는 점들을 금세 알아차리는 모습이 초짜인 내가 보기엔 프로처럼 보였다.

"자 일단 담장이는 관객이 즐거워할 연극을 하는 게 목표니깐요. 피드백은 이쯤 하고 역할을 구분할까 합니다."

대표님이 왼손으로는 왼쪽 탁자를 오른손으로는 오른쪽 탁자를 가리키며 말했다.

내가 앉아있던 왼쪽 탁자는 배우를 희망하면 앉는 탁자였고, 오른쪽은 연출이었다. 어쩌다 보니 들어와 앉을 때부터 배우를 희망하는 모양새가 되어버렸는데, 솔직히 말하면 연출은 자신 없었다. 단지 내 머릿속에서 그리는 상상일 뿐이지만, 연출은 좀 더 넓게, 큰 그림을 잘 볼 줄 아는 사람이 하는 게 맞다고 생각했다. 난 제대로 배운 것도 없었고, 가르쳐준다 해도 잘 될까 싶었다. 그래서 처음부터 배우를 생각해 놓긴 했다. 한참 전이지만 초등학생 때도 배우, 그것도 주인공을 해봤고 이 경험이 배우를 선택하는 데에 더 자신감을 불어넣어 줬다. 근거 없는 자신감인 것 같지만 말이다.

"문영 씨도 배우 하시게요?"

옆에 앉아있던 채림 씨가 탁자를 검지로 툭툭 쳤다. 나는 고민하고 있지만, 아마 그럴 것 같다고 대답했다. 채림 씨는 인상이 참 깔끔한 사람이었다. 다들 자유분방하게 입고 오는 와중에 유일하게 미니멀한 의상. 머리도 매번 손 보는 건진 모르겠지만 삐져나온 잔털이랄게 없었고, 화장도 깔끔한 느낌이 나는 사람이었다. 당연히 직장인이라 그렇겠지만 말이다.

"너도 배우로 하게?"

"일단은 그러려고."

채림 씨 옆자리에 있던 현진이가 고개를 빼꼼 내밀었다. 현진이는 배우를 하겠다는 내 대답에 잘해보자며 손을 흔들었다.

"두 분은 진짜 고등학교 동창인가요?"

가운데 앉아있는 채림 씨가 고개를 양옆으로 흔들었다. 나를 한 번 쳐다보고, 바로 고개를 돌려 현진이를 쳐다보는데 현진이가 자신 있게 그렇다고 답했다. 나도 고개를 끄덕였다.

왜인지 동창이라는 단어를 다시 들으니, 기분이 묘했다. 고등학생 때만 해도 희솔이까지 포함해 셋이 이런 걸 할 줄은 몰랐는데. 희솔이가 쉬는 시간에 연기를 마구잡이로 선보이고 있을 때면, 나는 조금 시끄럽다고 생각하면서 얼굴을 책 위로 파묻었었다. 그랬던 내가, 그것도 극단에서 동창이냐는 얘기를 들을 줄이야.

"신기하네요. 현진 씨는 오늘 처음 뵙는데, 혹시 어떤 이유로 들어오신 건가요?"

"전 이것저것 해보는 걸 좋아해서, 그래서 새로 도전해 보게 된 게 연극이에요. 굳이 이유를 덧붙이자면, 연극을 해보기 전의 나랑 해보고 난 후의 내가 분명 다를 것 같다는 확신? 이 들어서 해보게 됐어요."

"음, 되게 멋지네요."

그러게, 되게 멋있네. 생각보다 사려 깊은 말이 튀어나온 것에 감탄했다. 현진이를 무시한 적은 없었다. 애가 자기 꿈에 대해 확신을 두고 말할 때 그리고 그걸 실행에 옮길 때, 난 처음으로 애를 멋지다고 생각했었다. 고등학생 때, 상담 동의서를 건 넬 때가 그랬다. 근데 이상한 점은, 옆에서 계속 지켜보니 정말 이것저것 다 해본다는 것이었다. 그것도 그거 나름대로 대단해 보이긴 했지만 좀, 줏대가 없어 보였달까. 그래서 어느 정도 가 벼운 마음가짐이지 않을까 생각했다. 물론 난 이런 줏대 없는 열정조차 없어서 할 말은 없지만.

"채림 씨는 어떤 이유로 들어왔어요?"

"전 대학생 때 했던 연극 동아리가 큰 전환점이었어요. 이쪽 길로 가지는 못했지만, 소소한 취미로 즐기고 싶은 마음에 들어 왔어요."

"그럼, 대학 동아리에서도 배우 하신 거예요?"

"아뇨. 그땐 배우도 해보고 연출도 해봤죠. 근데 아무래도 연 출은 연극 전체를 다 꿰고 있어야 하니깐 좀 바쁘고 머리 아픈 데, 배우는 배역에만 집중하면 돼서."

나랑 비슷한 이유였다. 희솔이처럼 연영과면 몰라도 나 같은 게 연출을 맡았다간 그 연극은 아마 산으로 갈 게 분명했다.

"근데 현진 씨는 저번부터 활동하셨다고 들었고…… 문영 씨 는 이번에 새로 들어온 걸로 아는데. 저기 있는 희솔 씨랑도 친 구고. 혹시 친구 따라서 들어오신 건가요?"

내가 예민한 걸까. 말투가 좀 날이 서 있는 것 같았다. 무슨 심사라도 받는 기분. 아니면 어떻고, 또 맞으면 어떨까. 엄마가 연극을 관뒀다길래 못난 심보에서 입단을 결심했다는 말은 죽 어도 할 수 없었다. 차라리 친구 따라서 들어왔다는 말이 바보 같이 보여도 더 괜찮을 것 같았다.

"문영이도 큰맘 먹고 들어온 거예요. 원랜 거절했는데."

"그래요?"

현진이가 날 변호하듯 말했다. 그렇게 말해주니깐 고맙긴 한데, 내 입으로 말해야 효과적인 걸 현진이가 말하니, 설득력이 별로 없는 것 같다. 채림 씨의 고까운 시선은 여전해 보였다.

"일단 여러분들끼리 이야기 나누고 계실래요? 전 연출진이랑 기획 얘기를 해야할 것 같아서."

대표님은 좀 바빠 보였다. 우리 쪽 테이블에 와서 급하게 말을 남기고는 곧바로 반대편으로 가버렸다. 희솔이와 아라 씨랑 열심히 이야기를 나누는데, 각본에 대한 것 같았다.

"혹시 도전해 보고 싶은 역할 있으세요? 꼭 이번 각본이 아니더라도요."

채림 씨가 현진이 쪽으로 고개를 돌렸다. 나한텐 물어볼 생각도 없다는 듯이 뒤통수만 보이고 있는데, 참 난감했다. 내가 이상하게 받아들이는 걸까. 이 사람 아까 친구 따라 들어온 거냐는 질문 이후부터 묘하게 나를 투명 인간 취급하는 것 같았다.

현진이는 갑작스러운 질문에 잠시 고민하더니 답했다.

"전 매력 있는 조력자 역할을 해보고 싶어요."

대답이 좀 이상했다. 주인공이면 주인공이지 왜 조력자일까. 게다가 매력 있는 조력자라면 이번 각본엔 존재한다고 하기 애매한 캐릭터였다. 물론 이번 각본이 아니더라도 라는 조건이 붙긴 했지만, 그렇다고 해도 매력 있는 조력자라는 말이 좀 희한하게 들렸다.

"기왕이면 주인공이 변화하는 데에 크게 기여하는, 그런 조력자 역할 같은 거요."

"혹시 이유가 따로 있나요? 주연을 맡고 싶다는 경우는 이유가 뻔했지만, 조연을 자처하는 경우는 다들 각자의 이유가 있길래."

현진이는 잠시 생각에 잠겼다. 그 모습은 딱히 이유가 없어서 고민하는 게 아닌, 자신이 할 말을 머릿속에서 정리하는 것 같았다. 사뭇 진지한 표정이었다.

"전 사실 저번에 연극을 하면서 느낀 게 있거든요. 연극에서는 주연, 조연이 따로 나뉘고 엑스트라도 있지만, 인생은 딱히 그렇지 않다는걸요. 누구나 다 자기 삶에서 자신이 주인공이고, 굳이 남을 따라갈 필요는 전혀 없잖아요? 물론 스토리에서는 분량에 따라서 혹은 내용에 따라서 주인공이랑 조력자가 나뉘겠지만, 조력자를 연기하는 제가 주인공에게 영향을 주는 모습을 보여주면서 결국 성장엔, 타인이 필요하다는 걸 한 번쯤은 연기로서 전해보고 싶어요."

좀 놀랬다. 물론 현진이가 열정도 대단하고, 그걸 다 실행에 옮기는 체력도 참 대단한 애지만, 이만큼 진중함을 가지고 있을 거라곤 상상도 못 했다. 아까 말했던 연극을 하기 전과 후가 다를 것이라는 확신은 굳이 설명할 것도 없이 증명해 버린 답변이었다.

"문영 씨는요?"

"네?"

"해보고 싶은 역할 없으세요?"

아까까지 내가 마음에 안 드나 생각하고 있었는데, 갑자기 얼굴을 들이미니깐 당황스러웠다. 게다가 현진이가 저렇게 멋지게 답한 시점에서 내가 별 볼 일 없게 말한다면, 이 사람은 날 더 아니꼽게 볼 것 같은 예감이 들었다. 그렇지만 이제 막 입단한 내가 역할 같은 걸 생각해 봤을 리 없었다. 사칙연산을 배운 꼬마가 고등수학을 풀 수 없듯이 단계라는 게 있을 텐데. 꼭 말해야 하는 걸까?

그래도 우선 고민하는 척 오른손을 턱 끝에 가져다 대었다. 아까 현진이는 분명 연극을 하기 전의 자신과 하고 난 후의 자신이 달라질 것이라는 확신 때문에 도전해 봤다고 했다. 그런 부분에서라면 나도 마찬가지인 것 같다. 기왕 해보는 거 좀 밝고 수다쟁이에 솔직한? 어쩌면 나와는 대척점에 있는, 그런 캐릭터를 해보면 좋겠다는 생각이 들었다.

"저는 좀 밝고, 명랑한 캐릭터를 해보고 싶어요."

"오, 왜요?"

이 사람 자꾸 꼬리에 꼬리를 물어 질문한다. 자기가 무슨 면접관이야, 뭐야. 대학 면접이랑 알바 면접밖에 안 해본 나에겐 긴장감을 가득 밀어 넣는 상황이었다.

"그냥 제가 좀 그렇지 않아서……."

"아, 그럼 일부러 자기랑 다른 성격의 캐릭터를 해보고 싶다는 거예요?"

"네……."

잘못한 것도 없는데 목소리가 기어들어 갔다. 괜히 이 사람의 성에 안 차는 답변을 한 건 아닐지 걱정되었다. 정답이 있는 질문은 아니지만, 그냥 기에 눌린 것 같은 기분.

이야기는 그렇게 몇 분을 더 떠들다가 끝이 났다. 딱히 특별한 애기랄 건 없었고, 평범한 일상 애기였다. 들어보니 채림 씨는 인사 관련된 일을 한다고 했다. 그래서 그렇게 계속 물어본 건가. 직업병…… 같은 거라고 생각하니 불쾌했던 게 조금 풀리는 것 같기도 했다.

각본 작업은 아마 좀 더 걸릴 거라고 그랬다. 그리고 다음 모임부터는 본격적인 교육이 있다고 했다. 생각해 보니 오늘 한 거라곤 모여서 각본 스토리 설명 듣고 역할 나눈 게 전부였다. 오늘 왜 모인 거지. 시간 아깝다는 생각이 들기 무섭게 모임은 끝났다.

*

내가 제자리인 이유에 엄마를 가져다 붙이면 그건 날 수렁에 빠뜨리는 일이 되겠지. 엄마를 미워하는 것과 별개로 내 성장은 오롯이 나만의 것이라고 생각했다. 가끔 티비에서 부모님 없이도 건실하게 일궈낸 청년, 같은 사람이 나오면 뜨끔하곤 했다. 저런 사람도 있는데, 내가 왜. 그런 생각들. 그래서 엄마 때문, 이라는 생각이 머릿속에서 나오려 하면 억지로 지우기 위해 애쓴 것 같다. 엄마 때문, 을 가져다 붙일 수 있는 건 내가 성인이 되고부터 없어졌다고 생각하기 때문이었다.

오늘로 벌써 네 번째 만남이다. 평소엔 달에 한 번꼴로 연락이 오더니, 이번 달은 오늘까지 두 번째였다. 게다가 오늘은 동생 아영이까지 데리고 온다고 했다. 사실 중간고사가 일주일밖에 안 남은 시점에서 거절할까 싶었다. 하지만 내가 언제부터 밥 먹는 시간까지 아껴가며 공부했다고. 그런 핑계를 대며 알겠다고 답했다.

"살 좀 빠진 것 같네."

나는 고기를 우물우물 씹으며 아니라고 답했다. 엄마는 집게로 고기들을 뒤적거리며 아영이 그릇과 내 그릇에 차례로 고기를 얹혀주고 있었다.

"드세요."

집게를 잡아채 두꺼운 고기 하나를 엄마에게 건넸다. 엄마는 고맙다며 옆에 있는 쌈과 같이 한입에 집어넣었다. 옆에 앉은 아영이는 엄마가 고기를 얹혀주건 말건 신경도 안 쓴 채, 오물오물 열심히 먹고 있었다. 사실 아영이랑은 여덟 살 때 이후로 처음인데, 그래서인지 가족 같은 느낌보단 타인처럼 느껴졌다. 아마 아영이도 마찬가지일 거다. 세 살 때 떠났으니, 나에 대한 기억은 없을 것 같았다. 지금 나이가 아마 열여덟. 턱 끝에 맞추어 칼같이 자른 머리칼이 딱 어리숙한 학생티가 나는 얼굴이었다.

"어떻게 지냈니. 그러고 보니, 곧 시험 기간인데 내가 괜히 불렀나 싶다."

"괜찮아요."

텁텁하게 대답해서 그런 걸까, 아니면 이 음식들이 텁텁한 걸까. 옆에 있는 사이다를 한 모금 삼켜도 답답한 기분은 여전했다. 분명 이런 불편함을 느낀 건 처음이 아니다. 오늘까지 포함한 네 번의 만남이 마치 체한 것처럼 불편한 기분이었다.

"동아리 같은 건 안 하니? 대학 다니면 다들 하나쯤은 하잖아."

"따로 안 해요. 딱히 할 만한 것도 안 보이고."

옛날 같았으면 극단에 입단했다고 자랑했을 텐데. 지금은 차마 그럴 수가 없었다. 만약 내가 입단했다고 말하면, 엄마는 잘됐다며 좋아할까, 아니면 시큰둥한 반응일까. 혹시나 엄마가 착각할까 싶어 굳이 말하고 싶진 않았다. 엄마 때문에 입단한 건 맞지만, 그건 엄마와 공감대를 형성하고 싶은 이유 따위가 아닌 내 소심한 복수였으니깐.

"아빠는 어떠니. 요즘."

"건강하세요."

"너도 아픈 데 없지?"

"네."

텁텁한 대화가 계속 이어졌다. 고기는 분명 부드럽고 맛있었는데 하나도 소화가 안 된 것 같은 기분이다.

엄마는 잠깐 화장실에 다녀온다고 했다. 식당 앞에 앉아서 기다릴 수 있는 의자가 있었다. 나랑 아영이는 그 의자에 앉아서 엄마를 기다리고 있었다. 나도 그렇고 아영이도 그렇고 어색한 나머지 발만 바닥에 동동 굴리고 지익 끌며 시간을 때우고 있었다.

"저…… 문영 언니?"

"어?"

갑자기 아영이가 나한테 고개를 돌렸다.

"엄마도 많이 노력하고 있어요. 이왕 만나는 거 조금 살갑게 대해줬으면 좋겠어요."

넌 어떻게 그렇게 아무렇지 않을 수 있니. 가만 보면 너도 나와 같잖아. 내가 엄마 없이 자란 만큼, 너도 아빠 없이 자랐을 거 아니야. 이런 질문들이 턱 끝까지 차올랐지만, 물어볼 수 없었다. 스물세 살이 열여덟 살한테 묻기에는 너무 창피한 질문이었다.

"엄마가 올겨울에 수선화 축제 보러 가자고 할 수도 있는데, 언니 맘이지만 생각 있으면 다녀오세요. 괜찮거든요, 거기."

"거기가 어딘데?"

"제주도……요."

제주도? 아영이도 본인이 말하고 아차 싶었는지 고개를 돌렸다. 물론 비행기로 금방이긴 하지만, 제주도라니. 너무 본격적인 여행 느낌이었다. 엄마와 지금 같은 사이에서 비행기까지 타고 제주도로 여행이라. 벌써 어색한 모습이 머릿속에서 그려지는 것 같았다.

"늦었지. 미안해. 데려다줄게, 문영아. 가자."

엄마는 뭐가 급한 건지 헐레벌떡 나와 차 키를 꺼냈다.

차를 타고 돌아가는 길엔 엄마가 생글생글 웃으며 자꾸 말을 걸었다. 뒷자리엔 아영이가 타고, 앞자리엔 내가 탔는데 묘하게 뒤에서 시선이 느껴졌다. 그래서 아영이의 말에 맞추어 최대한 살갑게 얘기한 것 같다. 여태 일부러 퉁명스러운 태도를 유지했던 것을 풀어버리니 조금 후련한 것 같기도 했다. 그렇다고 불편한 감정이 해소되는 건 아니었지만, 굳이 일부러 날을 세울 필요는 없을 것 같다고도 느꼈다.

차에서 내리니 날씨가 꽤 추웠다. 엄마는 여기서 내려도 되겠냐고, 계속해서 물었지만 난 정말 괜찮다고 하고 내렸다. 기숙사가 학교 안에 있다 보니, 굳이 차를 끌고 들어가는 건 불필요하다고 생각했다. 길도 복잡하고, 나 혼자 걸어가는 게 좋겠다 싶었다.

기분이 좀 멍했던 것 같다. 날씨가 추워서 그런가. 지퍼를 턱 끝까지 잡아 올렸다. 추워서 얼어있던 볼이 조금은 따뜻해지는 기분이었다. 나는 괜히 아영이가 했던 말을 곱씹었다. 살갑게 대해주세요. 살갑게. 그 말이 어딘가 마음에 안 들었다. 내가 왜 그래야 하는데? 이건 너무 솔직했다. 적어도 난 엄마 앞에서 툴툴댈 권리 정도는 있다고 생각했다. 하지만 나보다 다섯 살이나 어린 아영이가 그렇게 말하니깐, 내가 너무 못난 사람 같았다.

근데 어쩌면 못난 사람 맞을지도 모르겠다. 극단에 입단한 이유도 참 한심했다. 엄마를 약 올려주겠다는, 고작 그런 이유니깐. 그래서 친구 따라 들어왔냐는 채림 씨의 질문에도 대답하지 못했었다. 나는 고작 이 정도니깐, 어쩌면 엄마가 아영이를 데려간 게 옳은 선택을 한 것 같기도 하다.

05
오해

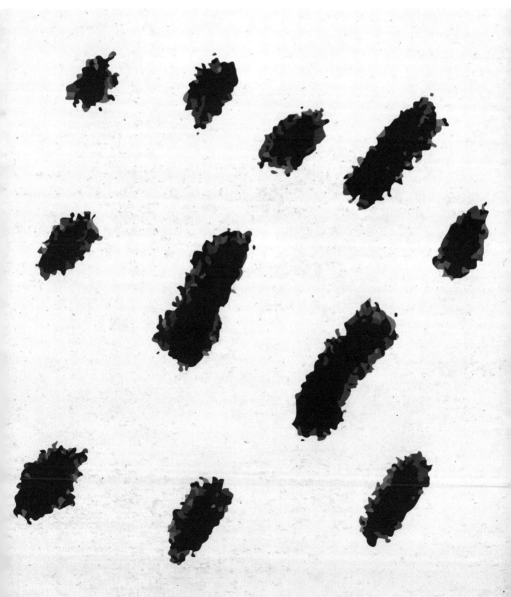

05

    중간고사는 순식간에 지나갔다. 시험공부하는 도중엔 바쁜 나머지 도서관 편의점에서 끼니를 자주 해결했다. 이천 원 언저리 정도 하는 삼각김밥을 먹으면서 다른 사람이 하는 대화를 훔쳐 들었다. 정말로 시험공부만 하러 온 사람들. 취업 준비에 공부하느라 바쁜 사람들 등등. 나도 뭐라도 해야 하는데. 주위에선 대학원을 가보는 게 어떠냐고 얘기하지만, 그렇게 도피하듯이 가면 고생만 죽도록 한다는 얘기도 들어서 망설여졌다. 이제 더 이상 가만히 있으면 안 되는데. 아직도 줏대 없는 내가 참 철이 없는 것 같다고 스스로 말했다.

    "애가 참 조용하고. 벌써 철이 들었나 보네."

    그렇게 말하고 할머니는 혀를 끌끌 찼다. 나는 이 철들었다는 말이 참 듣기 좋았던 것 같다. 16살에, 나는 xx가 나한테 엄마는 어딨냐는 말을 하고서부터 조용히 있기로 했다. 그렇게 가만히 있으니깐, 내 사정을 아는 어른들은 철들었다며 나를 칭찬해 주었다. 이제 보면 칭찬이 아니라 가엾게 본 것 같았지만. 나는 조용한 척하고 살았다. 가끔 마음에서 무언가 올라올 것 같아도 그냥 조용히 있기를 노력했다. 그러면 절반은 갔던 것 같다.

연기도 가만 보면 척하는 것과 비슷한 것 같다. 각본에 등장하는 몇몇 캐릭터 중 하나를 맡아 그 사람인 척하는 것이 일반적으로 생각하는 연기라고 생각했다.

나는 많은 사람이 연기 속에서 살아간다고 생각하고 있다. 연기를 단순히 척하는 거라고 생각했을 땐, 많이들 그렇게 괜찮은 척, 하고 싶은 척하며 움직이니깐.

솔직히 있는 그대로 속내를 드리내는 건 결코 좋은 일이 아닌 것 같다. 괜히 약점 같은 게 잡힐 수도 있고, 내가 사실처럼 믿었던 것들이 의외로 그렇지 않다는 것을 다른 사람의 불쾌한 시선으로 깨닫게 될 수도 있으니깐.

나도 비슷했던 것 같다. 어린 난 되게 순수했나 보다. 나는 내가 아닌 다른 사람도 다 겉과 속이 똑같을 줄 알았다. 거짓말 같은 걸 몰랐달까.

학예회 연극이 끝나고, 난 이상한 감정에 휩싸였었다. 엄마랑 동생이 떠날 것 같아서 그랬나. 그렇지만 바라진 않았다. 이 가족이 계속 유지되기를 바랐다. 그래서 내가 더 잘하면 가능하지 않을까. 이혼을 다시 생각해 보지 않을까. 그렇게 생각했었다.

결정은 매정했다. 아니 상황이 매정했던 걸까. 아빠는 밖에서 이야기 나누고 오라고 하셨다. 날은 추웠지만, 머리는 아주 뜨거웠다. 눈물이 나오려고 했던 것인지, 화를 내고 싶었던 것인지. 내 기억에 난 빌었던 것 같다. 내가 속 안 썩일 테니깐, 같이 있자면서. 그렇게 빌었던 내 모습에 엄마는 미안하다는 사과만 연신 반복했다. 나는 계속 반복했다. 마치 마트에서 원하는 장난감을 사고 싶다며 떼쓰는 아이처럼. 오히려 지나가는 사람이 우릴 보건 말건, 엄마가 곤란해지라는 듯이 빌었던 것 같다.

그 당시의 나에겐 엄마도 아빠도 무한한 신뢰를 보내던 존재들이었다. 당연히 날 사랑하고, 나도 사랑하고. 가족이란 다 그렇다고 생각했으니깐.

*

자주 온다고 그랬는데, 분명.

스스로 혼잣말을 뱉을 즈음엔 이미 몇 년이 지난 후였다. 엄마는 나를 잊은 걸까? 조금 일이 바쁜 걸지도 모르지. 엄마는 연극 일이 많았으니깐. 그렇게 합리화하다가.

"이거 누가 버리고 갔어?"

담임 선생님이 내가 버린 우산을 들고 말했다. 아빠가 오늘 비 온다고 우산을 챙겨줬는데 오는 길에 보니 완전히 망가져 있어서 쓰레기통에 박아둔 거였다.

"저요……."

"이거 위험하게 왜 여기다 버렸어. 분리수거해야지."

"죄송합니다."

나는 고개를 숙이며 우산을 받아 들고 내 자리로 돌아왔다. 창문 밖 하늘은 우중충했다. 금방이라도 비가 쏟아져 내릴 하늘이었다. 나는 분리수거 통 앞에 서서 우산을 펼쳤다. 잠깐 뾰족 튀어나온 부분에 긁힐 뻔했지만, 조심히 분리했다. 물방울 튀는 소리가 들려 창문을 보니, 비가 조금씩 조금씩 쏟아지고 있었다.

어느덧 하교 시간이었다. 다들 신발로 갈아 신고 나갈 준비를 하고 있었다. 누구는 데리러 와달라고 전화하기도 했다. 비는 오후 4시가 넘고도 그칠 줄 모르고 내렸다.

나는 핸드폰을 만지작거렸다. 아빠한테 전화를 걸어볼까 했지만, 일 때문에 데리러 오지 못할 게 분명했다.

"우산 없어?"

뒤에서 희솔이가 갑자기 튀어나왔다. 나는 깜짝 놀라 말을 머뭇거렸다.

"어…… 응."

"그럼 같이 쓰고 가자. 내 우산 커."

"어? 그래……."

희솔이가 내 옆에 바싹 붙었다. 자기 말대로 우산은 정말 컸다. 세 사람은 들어가도 가릴 수 있는 크기였다.

"고마워."

"이 정도 가지고, 뭘."

빗소리가 조금씩 약해져 갔다. 그만큼 우리 사이의 어색함이 더 드러났다. 점점 조용해져서 나는 무슨 말을 꺼내야 할까, 고민하다가 입을 열었다.

"그…… 저번에도 말하긴 했지만, 도와줘서 고마워. 너 아니었으면 억울하게 몰렸을 텐데."

나는 문득 뺨을 내려친 내 오른손을 무의식적으로 보았다. 다시 생각해도 xx는 나쁜 애였다. 하지만 그것보다 이런 상황이 일어날 여지를 만든 엄마도 너무 미웠다. 엄마가 있어 주었다면 내가 그런 말을 안 들을 수 있었을까?

"그 상황에서 도와주는 건 당연한 거고, 나는 네가 좀 그렇게 답답하게 있지 않았으면 좋겠어."

"응…… 알겠어."

나는 괜스레 부끄러워져서 얼굴을 가렸다. 비는 거의 그쳐서 우산을 내려도 될 정도였다. 희솔이는 우산을 접고는 나를 빤히 쳐다봤다.

"네 잘못이 없는데, 왜 걔가 기세등등하냐고. 너도 앞으론 하고 싶은 말 있으면 하고 살아. 그렇게 당하고만 있지 말고."

그렇게 말하고 희솔이는 뒤돌아 반대편으로 갔다. 자기 집은 저쪽으로 가야 한다며 이제 비가 그쳤으니 가봐도 되겠다고 했다. 나는 아무렇지 않게 나랑 같은 방향일 거라고 생각했구나. 나는 미안한 마음이 들어 멀어지는 희솔이한테 고맙다고 말하고 헤어졌다.

*

오늘부터 제대로 된 교육 같은 게 진행된다는데, 그게 무엇일지 좀 궁금했다. 여덟 살에 했던 연극은 대본만 외우고 연기 연습 같은 건 따로 한 적이 없었다. 그냥 합을 맞춰봤던 정도. 그래서 뭘 어떻게 가르칠지 좀 궁금했다.

입구에 희솔이가 서 있었다. 갈색 코트를 걸치고 있는데, 희솔이는 비율이 좋아서 그런지 옷발을 잘 받는다. 연기를 하면서 체형을 저렇게 가꾼 건지, 원래 저랬는지는 기억나지 않았다. 학창 시절 반에서 조금 시끄럽다고 느낄 정도로 연기를 하고 있을 땐, 저런 태가 아니었던 것 같은데. 그냥 그때의 내가 피곤해서 부정적으로 봤던 걸지도 모르겠다.

희솔이는 누구와 열심히 통화 중이었다. 표정이 별로 좋아 보이진 않았다. 소리 지르고 싶은데 밖이라서 참는 것 같은 얼굴이었다. 나는 눈이 마주쳐서 눈치껏 손만 흔들고 들어갔다.

"시험은 잘 봤어?"

"그럭저럭. 너는?"

"나도 뭐…… 비슷해."

현진이는 시험이 끝나서 후련한 것 같은 얼굴이었다. 알 수 없는 노래를 흥얼거리며 오늘 시작할 교육을 기다리고 있었다.

"희솔이는?"

"아까 밑에서 봤는데, 누구랑 통화 중이더라."

"그건 나도 봤어. 좀 오래 하네."

현진이는 나보다 먼저 회의실에 와 있었다. 근데 희솔이를 봤다는 건 희솔이가 한참 전엔 도착했다는 건데. 그러면 대체 몇 분이나 서 있던 거야.

"표정 좀 안 좋아 보이던데……."

"어? 그래? 무슨 일 있나."

아차. 이건 괜히 말한 것 같았다. 현진이 성격에 희솔이가 들어오면 무슨 일 있는 건 아니냐며 한 번은 떠볼 것 같았다. 말하지 말걸. 조금 조마조마해질 것 같았다.

"안녕하…… 뭐야, 너희 둘밖에 없네."

희솔이가 고개를 꾸벅 숙이다가 우리만 있는 걸 보고 들어와 앉았다. 졸지에 우리 셋만 회의실에 덩그러니 있었다. 이럴 줄 알았으면 빨리 오지 말걸. 차라리 다른 사람이라도 있었으면 모르겠는데, 이런 상황이면 현진이가 물어보기 딱 좋은 상황이었다. 희솔이한테 무슨 일 있냐고 물어보기 딱 좋은 상황.

"아까 입구에서 통화하고 있던데. 지금까지 통화하다 온 거야?"

"응. 좀 길어져서."

그러고 현진이는 더 물어보지 않았다. 자기는 통화하는 모습만 봐서 함부로 물어보기에 그렇다고 생각했을까. 갑자기 다른 이야기로 화제를 전환했다.

"우리 각본은 어떻게 돼 가?"

"계속 아라랑 파일 주고받으면서 쓰고 있는데, 그래도 곧 완성될 것 같애."

"오, 기대할게?"

현진이가 웃으며 말을 던졌다.

"풉. 그래라."

희솔이도 현진이 말에 미소가 흘러나왔다. 그래도 들어올 때 딱딱해 보였던 희솔이의 표정이 조금은 풀린 것 같았다. 이것도 현진이의 의도가 담긴 배려일까. 잘은 모르겠지만, 표정은 괜찮아 보여서 좀 안심이 되었다.

몇 분이 지나고 5시가 되자 사람이 금세 모였다. 대표님은 미리 앉아있는 우리 셋을 보며 되게 빨리 왔다고, 역시 친구네 친구 하면서 칭찬 아닌 칭찬을 했다. 그래봤자 10분 정도 일찍 도착했는데. 난 버스를 타고 오다 보니 정확히 5시에 맞춰 도착하기가 더 어려웠다.

몇 사람 더 들어오고 다 왔다고 생각되자 대표님이 일어서서 저번처럼 화이트보드를 끌고 왔다. 그리고 검은 보드마카를 손에 쥔 채 무슨 지압이라도 하듯이 손을 꾹꾹 눌렀다. 당장은 쓸 일이 없다는 듯이 화이트보드 앞에서 몇 걸음 움직이다가 얘기를 꺼내기 시작했다.

"아마 곧 워크숍이 진행될 거예요. 이번에 연기를 새롭게 시작하시는 분들도 있고, 연출 친구들도 짚고 넘어가야 할 것들을 확인하는 시간을 가질 겁니다."

그리고 대표님은 보드마카 뚜껑을 뽑더니 화이트보드에 '연기' 라는 글자를 크게 적어 갔다. 혹시 아라가 사랑을 크게 적고 스토리를 설명한 것에 감명받으신 건가. 뭔가 만족스러운 표정이었다.

"연기를 잘하려면 어떻게 해야 할까요."

"발성이나 표현 같은 기본기가 탄탄해야 할 것 같아요."

채림 씨가 손을 들었다. 발성이나 표현이라. 생각해 보면 당연한 소리였다. 드라마나 영화를 보면 대체로 발음들이 또박또박하여 대사를 놓칠 일이 없었다. 애초에 웅얼거리는 발성으로 연기해봤자 누가 들어줄 리도 없고. 표현은 좀 광범위한 느낌이지만, 이것도 필요한 항목이라는 데에는 의심할 여지가 없었다.

"네, 그렇죠. 기본기가 탄탄해야 한다는 것도 맞아요. 특히나 저흰 연극이니깐 발성이나 표현은 더욱 중요하죠. 하지만 전 개인적으로 그것보다 다른 게 더 중요한 역량이라고 생각합니다."

다른 것? 연기도 하나의 공부라고 치면 결국 탄탄한 기본기가 있어야 실력이 생기는 것 아닌가. 대표님의 말에 의문이 들었다.

"자기가 맡은 배역의 진짜 속내를 눈치채는 것. 진실함이 담긴 연기는 더 이상 연기가 아니게 되어버린다고 생각하거든요. 적어도 그런 연기는, 관객과 배우 사이에 합의된 '사실'로서 인식된다고 생각합니다. 분명 난 허구적인 이야기를 보고 있을 뿐이지만, 마치 실제로 있던 역사를 보는 것 같은 느낌. 이런 진실한 연기가 모인 연극이 분명 훌륭한 연극으로 평가되겠죠?"

대표님은 싱긋 웃어 보였다. 그리고 의자를 질질 끌고 오더니 우리를 향하게 하고는 본인이 그 자리에 앉았다. 나는 그 모습을 보며 진짜 속내를 눈치채는 게 쉬울까 싶은 생각이 들었다. 대본에 적힌 대사와 행동대로만 연기하는 것보다는 나을 것 같지만, 말하는 것처럼 쉽진 않을 것 같았다. 엄마도 비슷한 말을 했던 것 같은데. 각본을 쓰면서 자신이 생각했던 배역의 마음과 배우가 생각하는 게 달랐던 적이 많다고. 사실 자기 마음이 어떤지 뚜렷하게 아는 사람이 몇이나 될까. 이건 참 골치 아픈 문제 같다.

"그래서 오늘은 여러분이 담쟁이에 들어온 이유나 사연들을 진실하게 말해 볼 거예요. 연극처럼 하셔도 좋고, 그렇지 않아도 좋습니다. 우선 첫 시작은 제가 해볼게요."

대표님은 다리를 꼬고 앉더니, 시선을 아래로 살포시 내렸다. 딱 앉아서 지켜보는 우리의 발에 걸쳐있는 정도로. 그리고 덤덤한 목소리로 차분하게 입을 열기 시작했다.

"전 사실 비전공자였어요. 물론 지금 이 자리에 계신 분 중에도 전공자이신 분도 있고, 그렇지 않은 분들도 있겠지만 적어도 대표로 이 자리에 앉아있는 제가 비전공자라니. 웃기지 않아요?"

담백하면서도 익살스러움이 담긴 목소리였다. 분명 대본을 읽는 게 아닌 본인의 이야기를 하는 것인데도, 그리고 소품 하나 없이 그저 의자에 앉아있을 뿐인데도 어떤 작은 무대를 보고 있는 것 같았다. 장악력이라고 해야 하나. 순식간에 분위기를 바꾸는 것이 대단했다.

대표님의 얘기는 특별하달 게 없었다. 대학 때 했던 작은 연극 동아리의 추억이 기억에 남아, 연극을 사랑하게 되었다는 것. 하지만 이곳 주위엔 연극을 해볼 만한 극단이 별로 없고, 특히나 초심자가 도전해 볼 만한 극단이 없다는 것. 그래서 자기가 직접 만들어보기로 결심하고 만든 것이 담쟁이라고.

"한 가지 아쉬운 건, 제 한계가 담쟁이의 한계가 되어버렸달까. 그만큼 저도 더 성장하려고 노력하고 있지만요. 이상입니다."

대표님은 본인이 모든 교육을 담당하고 있다고 했다. 연기부터 연출까지. 그래서 결국 자신이 아는 만큼 가르칠 수밖에 없던 것이다. 담장이가 성장하기 위해선 본인도 많이 공부해야 한다고 했다.

애기가 끝난 대표님은 꼬았던 다리를 풀었다. 그러고는 끝이라는 걸 알리듯 우리에게로 손을 뻗었다. 이제 여러분들도 해보시죠. 그렇게 말하는 듯했다.

참 흔하다면 흔하고, 드라마답다면 드라마다운 이야기였다. 하지만 호흡, 발성, 표정을 어떻게 가져가냐에 따라 별거 아닌 이야기도 별거가 되어버렸다. 작은 단막극을 본 것 같은 기분이었다.

다음은 채림 씨가 손을 번쩍 들었다. 대표님은 자리를 비켜주며 아주 좋다고 생글생글 웃어 보였다. 채림 씨는 내 옆자리에 앉아있었는데, 채림 씨가 일어서서 자리가 비자마자 희솔이가 슬금슬금 들어와 그 자리를 차지했다. 내가 왜? 라고, 물어보니깐 희솔이가 내 귀에 고개를 대더니 말했다.

"너 제대로 할 거지?"

희솔이는 기대를 거는 것 같은 얼굴로 나를 쳐다보았다. 제대로라니, 뭘. 자기소개? 묻고 싶은 게 많았지만 채림 씨가 자기소개를 하기 시작했다.

"안녕하세요, 여러분. 전 권채림 입니다. 시작해 보겠습니다."

채림 씨는 숨을 크게 내뱉더니 긴장된 어깨가 내려오는 것처럼 보였다. 표정도 차분해 보였다.

"저는 연기가 재밌어요. 제 직업은 연극이랑 전혀 관련 없지만, 이렇게 시간 내어 할 만큼 정말 좋아하거든요."

능수능란하게 손짓을 이용하며 소개를 시작했다. 나도 발표 같은 것을 할 때는 저렇게 손짓을 사용하긴 하지만, 내가 사용하는 그런 손짓과는 결이 달랐다. 아무래도 지금, 이 순간은 단순한 자기소개 시간이 아니다. '나'라는 캐릭터를 소개하는 연기 시간이다. 그런 기분이 강하게 들었다.

채림 씨의 자기소개도 순식간에 끝났다. 대표님처럼 대학 연극 동아리에서의 추억이 좋아서 꾸준히 시간을 내어서 해왔고, 그러다가 이번에 담장이로 들어오게 되었다는 게 채림 씨의 이야기였다. 채림 씨는 대표님이 부럽다고도 했다. 자기는 현실과 타협한답시고 연극을 취미라는 2순위로 밀어두었는데, 이렇게 담장이라는 극단을 만들어서 활동한다는 게, 참 대단하다고.

그 이후로 사람들이 쭉쭉 나왔다. 배우뿐 아니라 연출인 희솔이와 아라 씨도 소박하게 자기가 담장이에 들어온 이유를 설명했다. 그리고 어느덧 나만 남아 있었다.

"너도 해야지."

희솔이가 옆에서 쿡쿡 찔렀다. 머릿속이 뒤죽박죽 했지만 일단 자리에 앉았다. 딱딱한 플라스틱 의자가 어딘가 불편했다. 그래도 일단 앉고, 앞을 보는데 모두가 날 쳐다보고 있었다. 긴장도 긴장이지만 어디부터 어디까지 말해야 할지 정리가 안 되었다. 분명 이 상태로 말한다면 횡설수설하다가 돌아올 것 같았다.

　희솔이가 아까 제대로 할 거냐며 기대하는 얼굴을 보인 게 신경 쓰였다. 지금도 슬며시 웃으며 날 뚫어져라 보고 있는데, 아마 내 생각이 맞다면, 대충 얼버무릴 생각 말고 하고 싶은 얘기를 다 하고 오라는 것 같았다. 희솔이가 가끔 나한테 하소연한 적이 있었다. 넌 너무 답답하다고. 가만 보면 무슨 생각을 하는지 모르겠다고.

　손가락에 땀이 흥건했다. 불안한 사람처럼 손가락을 계속 문지르는데, 땀 때문에 점점 손가락 사이의 마찰이 줄어들었다. 희솔이는 내 사정을 아는 유일한 친구였다. 하지만 알고 있어도 굳이 물어본 적은 단 한 번도 없었다. 내가 엄마를 미워하고 있는지 그리워하고 있는지. 아니면 아예 잊은 건지. 물론 관심이 없을 수도 있다. 알 바 아니라는 듯이 생각하고 있을지도 모르겠다. 하지만 나에게 이렇게 관심을 두는 거 보면, 분명 궁금해할지도 모르겠다고 생각했다.

　조금 악질적인 생각일 지도 모르지만, 난 희솔이가 계속 이렇게 관심만 뒀으면 좋겠다. 내가 지닌 못난 생각들은 영영 모른 채 적당한 거리를 유지한 채로. 오히려 너무 가까워져서 희솔이가 모든 걸 알게 되면, 나에게 있던 흥미나 관심을 잃어 떠나버릴지도 모르겠다고 생각했다.

　"전 그냥 현진이 따라서 들어왔어요. 현진이가 꽤 잘하기도 했고, 재밌어 보이기도 했고요……."

　"음, 그게 전부인가요?"

　대표님이 물었다.

"네······."

"그럼 어느 부분에서 재미를 느꼈나요? 추상적인 느낌으로 말해주셔도 괜찮아요."

대표님은 못마땅한 얼굴은 아니었지만, 좀 더 말을 꺼내 주길 바라는 표정이었다.

"영화랑 드라마 같은 것보단 좀 더 몰입감이 다른 것 같은 느낌? 그냥 그런 차이가 매력적인 것 같아서 들어오게 된 것 같아요."

나는 의식적으로 희솔이의 표정을 살폈다. 눈이 마주칠까 조심하면서. 희솔이는 왼손으로 턱을 괸 채 바닥을 보고 있었다. 입을 구부리거나, 눈썹을 강하게 찌푸리거나 할 줄 알았는데. 생각보다 차가워 보이는 표정에 내가 너무 의식했나 싶었다.

자기소개가 끝나고 5분 정도 휴식 시간을 가졌다. 다들 긴장이 풀렸는지 팔다리를 쭉 뻗고 의자에 걸쳐 앉기 시작했다. 허리에 되게 안 좋은 자센데. 나는 기지개만 켜고 핸드폰을 꺼내 들었다. 딱히 뭘 보는 건 아니었지만, 뭐라도 보는 척 핸드폰을 만지작거렸다.

되게 조용했다. 피곤해서 엎드린 사람도 있고, 나처럼 핸드폰만 보는 사람도 있었다. 희솔이를 힐끗 보았다. 마찬가지로 나처럼 핸드폰만 보고 있었다. 채림 씨가 자기 소개할 때 자리를 뺏더니, 돌아갈 생각 없이 계속 내 옆에만 앉아있다. 의외로 채림 씨는 곤란해하지 않고 희솔이가 앉았던 자리에 아무렇지 않게 앉았다.

「왜, 무슨 할 말 있어?」

희솔이가 자기 핸드폰을 주욱 들이밀었다. 난 희솔이가 못 봤을 줄 알고 계속 힐끗댔는데, 희솔이한텐 아주 잘 보였나 보다. 나는 아무것도 아니라고 고개를 절레절레 저었다. 그러자 들이민 핸드폰을 가져가더니 또 열심히 무언가를 적었다.

「너 진짜 그냥 현진이 때문에 들어온 거야?」

「응...」

표정이 좀 실망스러워 보였다. 고작 그런 이유 하나로 결정했다고. 그렇게 말하고 싶은 얼굴이었다. 하지만 나는 응. 말고는 할 말이 없었다. 애초에 현진이 때문에 들어왔건 엄마 때문에 들어왔건, 어느 이유도 썩 좋은 건 아닌 것 같았다. 그렇다면 남들이 보기에 그나마 괜찮은 이유로 선택해야 낫지 않을까.

「넌 괜찮아?」

「뭐가?」

「아까 입구에서 표정 되게 안 좋아 보여서」

「응」

일부러 말을 돌린 것처럼 느꼈을까. 응, 한 마디에 담긴 희솔이의 표정이 그렇게 좋아 보이진 않았다. 이거 말고 다른 얘기를 꺼낼걸. 희솔이는 더 이상 대화를 주고받기 싫다는 듯 책상에 엎드렸다. 나는 희솔이 어깨에 손을 올리려다가 말았다.

교육은 간단한 발성 연습 몇 가지를 하고 끝이 났다. 사실 여기서 연습한다고 순식간에 느는 건 아니기에 집에서 해오라고, 과제를 주듯이 말하셨다. 내가 기숙사에서 이걸 얼마나 연습할까 싶었지만, 의외로 나 빼고는 다들 발성이 괜찮아서 위기감 같은 걸 느꼈다. 이것 때문이라도 어떻게든 연습할 것 같은 기분이었다.

버스 정거장엔 또 희솔이와 나만 남아 있었다. 난 아직 차례가 아니었지만, 매주 모임이 끝나고 뒷정리할 사람을 미리 뽑아 마무리하고 가는 게 있었다. 매번 두 사람씩 뽑는데, 차라리 내가 오늘이었으면 좋았을 텐데. 희솔이가 말이 없었다. 가끔 저렇게 조용할 때가 있긴 하지만, 단둘이 있을 때도 조용한 애는 아니었다. 아무래도 아까 내 대답이 마음에 안 들었던 게 분명했다.

"각본은 잘 돼가?"

침묵을 깨고 내가 먼저 질문을 던졌다.

"각본……?"

희솔이가 한숨을 푹 내쉬었다. 고개는 돌리지도 않고, 무슨 생각하는지 모를 눈으로 우두커니 앉아있었다.

"넌 좋겠다."

"응? 뭐가?"

"그렇게 가볍게 해볼 수 있어서 말이야. 누군 하고 싶어도 고생고생하는데."

"그게 무슨 소리야……?"

"현진이 따라서 들어왔다는 거. 고작 그게 이유야?"

희솔이가 고개를 돌려 나를 뚜렷이 쳐다봤다. 무섭게 느껴질 정도로 진지한 표정이었다.

"아니, 그게……."

"이제 곧 졸업인 애가, 고작 친구 하는 거 보고 입단을 결심한 게 말이 돼? 문영?"

왜 이렇게까지 화를 내는지 이해가 안 됐다. 무슨 부모라도 되는 것마냥 혼을 내는 게 좀 어이가 없었다. 그럼 다른 이유라도 있어야 한다는 거야? 이 정도 이유 가지곤 안 된다, 이거야?

"그럼 넌 내가 뭐라고 말하길 바랐는데."

나도 눈을 부릅뜨고 물었다.

"적어도, 적어도 그런 간단한 이유는 아니길 바랐지. 솔직히 현진이 때문에 들어온 거 아니잖아. 너 그럴 애 아니잖아."

네가 뭔데 날 가늠해. 내가 그럴 애건 아니건 너한테 무슨 권한이 있다고 나한테 불같이 화를 내는 건데.

"이유가 뭐가 됐건, 네가 그렇게 화낼 권리가 있어? 무슨 권리로?"

"권리? 야, 신문영. 그래, 솔직히 말할게. 오늘도 엄마가 나보고 연극 같은 거 집어치우라고 한 소리 하는 통에 기분 다 잡쳤어. 근데 네가 고작 그런 가벼운 이유를 말하니깐 더 화난 거도 있지."

희솔이가 부들부들 떨리는 목소리로 말을 이어갔다. 화가 많이 났는지 벌떡 일어나선, 머리를 쓸어 넘겼다.

"근데, 이유가 가벼운 것보다 네가 또 진짜 이유를 숨기는 것 같아서 이러는 거야. 너, 내 앞에서 한 번이라도 진심으로 뭔가를 말한 적은 있어……?"

앞에 서 있던 희솔이는 어느새 눈물을 흘리고 있었다. 애가 이렇게까지 말하고 우는 건 난생처음이라 너무 놀랐다. 희솔이가 이렇게 말할 정도로 신뢰를 준 적이 없던 걸까.

희솔이는 볼에 흐른 눈물을 소매로 닦아내며 미안, 한 마디만 남기고 정류장에서 사라져 순식간에 다른 방향으로 걸어가 버렸다.

기분이 멍했다. 눈물 때문인지, 내가 큰 잘못을 저지른 것 같았다. 조금 서운해할 줄은 알았지만 이런 반응일 줄은 예상하지 못했다. 미안하고, 조금 고통스러웠다. 나라고 달리 선택지가 있던 건 아닌데. 모두가 보는 앞에서 엄마가 연극을 관뒀다길래 약 올려주려고 들어왔어요, 같은 이유를 말하지 못하는 내 사정이 너무 한심하고 비참했다.

#06
사정이 있겠지

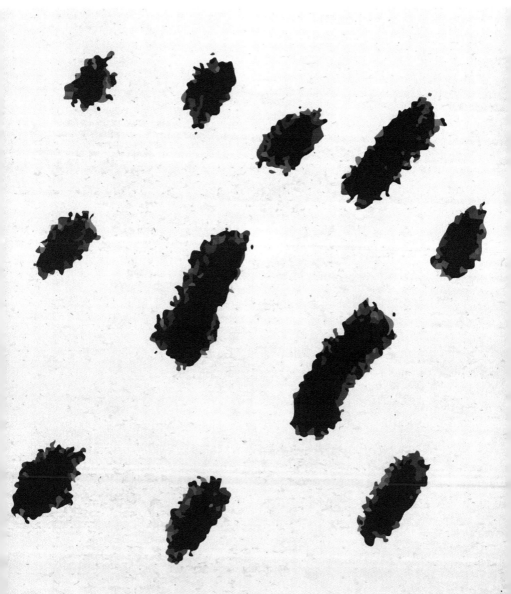

06

몇 번을 쓰고 지우기를 반복했다. 핸드폰을 부여잡고 희솔이
한테 뭐라고 문자를 보낼지 한참을 고민했다. 미안, 그렇게 생
각할 줄은 몰랐어? 다 내 잘못이야? 어느 것도 정답으로 느껴지
진 않았다. 그냥 처음부터 이런 일을 안 만들게 행동하면 됐는
데. 왜 하필 현진이가 연극에 관심을 갖고, 날 초대했는지. 그리
고 그 타이밍에 왜 엄마가 내게 연락을 줬는지. 작위적이다 싶
을 정도로 맞물렸던 상황에 조금 짜증이 났다.

이렇게 생각이 부정적으로 치우치면, 어느새 남은 건 나밖에
없었다. 선처럼 가는 내 목을 스스로 조여버리고 싶다고. 마음
만 먹으면 그렇게 할 수 있을 것 같았다. 내 마음이 너무 한심하
고, 꼴 보기 싫었다.

"저기, 문영 씨……!"

"아, 네네."

채림 씨가 눈앞에서 손가락을 두 번 튕겼다.

"왜 이렇게 집중을 못 해요. 무슨 일 있어요?"

"죄송합니다. 다시 해볼게요."

채림 씨는 내 발성을 봐주고 있었다. 신입이라고 할 사람은 나랑 채림 씨 말곤 없었다. 그런데 채림 씨마저도 경력이 있어서 진짜 신입이라고 부를 만한 사람은 나밖에 없었다. 그래서 채림 씨가 나를 봐주고, 대표님이 나머지 사람들을 교육했다.

"일단 잠깐 쉬어요."

"네……."

나는 비어있는 자리에 털썩 앉았다. 희솔이는 저 멀리 구석에서 아라 씨와 열심히 작업 중이었다. 노트북을 하나씩 꺼내두고 열심히 대화하는 모습을 힐끗힐끗 살폈다. 혹시 눈이 마주칠까 무서워 시선을 이리저리로 돌렸다.

"어딜 보는 거예요?"

"그냥 벌레가 있어서요……!"

채림 씨도 눈치가 참 빠른 것 같다. 아니면 의외로 내가 티가 많이 나게 행동하는 걸지도. 만약 그런 거라면 어떡하지.

"무슨 일 있어요? 오늘 들어올 때부터 집중을 못 해."

"죄송…… 합니다."

"죄송해할 것까진 없고요."

채림 씨는 마시라며 종이컵을 건넸다. 종이 질감 너머로 느껴지는 차가운 수온에 정신이 멍해졌다.

"그래도 생각보다 발성은 괜찮은 것 같아요. 되게 조용한 성격같이 보이는데."

이 말은 조용한 성격이면 말도 잘 안 해서 발성도 별로일 것이라는 소리일까. 칭찬에 독이 섞여 있는 것 같아 채림 씨를 슬쩍 째려볼 수밖에 없었다.

"아, 나쁜 의미는 아니고요."

"혹시! 저번 주에 이 연극 보고 오신 분?"

아라 씨가 구석에서 작업하다 말고 외쳤다. 손에는 포스터 같은 게 들려 있었는데, 전체적으로 어두운 색감이어서 잘 보이진 않았다. 눈을 게슴츠레 뜨고 봐도 구석에 있는 아라 씨와 거리가 멀어서 무슨 포스터인지 알 수 없었다. 색감만 어림잡아 봤을 땐 공포 장르인 것 같았다.

"오! 저 그거 봤어요."

옆에 앉아있던 채림 씨의 얼굴이 밝아져 있었다. 공유할 거리가 생겨서 기쁜 것 같은 표정이었다.

"헐! 진짜요? 언제 보셨어요?"

"전 일요일에 당일치기로 보고 왔죠."

"어땠어요? 완전 재밌지 않아요?"

"서울까지 다녀온 값은 충분히 한 것 같긴 해요."

둘 사이의 대화가 웃음으로 가득 채워졌다. 가만 보면 채림 씨도 - 물론 많은 나이는 아니지만 - 이십 대 초반이 많은 무리에 은근히 잘 녹아드는 것 같다. 비슷한 나이대인 대표님이랑 죽이 잘 맞지 않을까 함부로 생각했었는데, 인간관계에서 숫자로 상대방을 재는 것만큼 미련한 짓은 없다는 생각이 들었다.

"무슨 연극인데? 나 멀어서 잘 안 보여."

벽에 기대어 앉아있던 현진이가 입을 열었다.

"2시 22분! 공포 연극인데, 내용은 스포라서 말 못 하겠
네."

원래 둘이 말을 놓았던가? 잘 기억나진 않지만, 오늘따라 유
난히 친해 보였다. 현진이 성격이나 아라 씨 성격만 보면 금세
친해질 것 같긴 했지만, 막상 나도 모르는 새 저렇게 친해져 있
는 사람들을 보면 저 성격들이 부러웠다.

"문영 씨는 저 친구들이랑 많이 친해요?"

옆에서 둘의 대화를 지켜보던 채림 씨가 날 물끄러미 쳐다봤
다.

"현진이요? 아니면……."

"둘 다요. 나이도 동갑 아니던가요?"

"맞아요."

하지만 친하냐는 범위를 어떻게 나누냐에 따라 대답은 달라
질 것 같았다. 보통 친구를 넓고 얕게 사귀거나, 좁고 깊게 사
귄다고들 하던데. 나는 그 어떤 유형에도 해당하지 않는 듯싶
었다. 따지자면, 좁고 얕은 것 같은 느낌. 희솔이가 실망한 것도
이 때문 아닐까. 꼭 친구끼리 비밀 같은 걸 공유해야 하는 건 아
니지만, 난 사소한 것도 나누려 하지 않았으니깐.

"별로 안 친한가 보네요."

"치, 친해요. 엄청은 아니지만, 그래도 꽤."

"보통 그렇게 말하면 별로 안 친하던데."

이 사람은 또 이런다. 심문하듯이 꼬리에 꼬리를 물어 날 곤

란하게 한다. 안 친하면 뭐, 어쩌길 바라는 건데.

"그냥 친구 사이에요. 안부는 주고받을 수 있는 친구 사이."

"알았어요. 되게 발끈하시네."

내가 너무 흥분했나. 귀로 피가 몰린 게 느껴졌다. 습관적으로 귀를 만졌는데, 좀 뜨끈뜨끈 했다.

"근데, 문영 씨는 연극은 본 적 없으세요?"

"여기 담장이 연극 말고는 딱히……."

말끝이 흐려지는 도중에 엄마의 연극이 생각났다. 제목도 내용도 기억나진 않지만, 한 폭의 그림처럼 책상과 가벽 그리고 책상 위에 올려진 꽃 한 송이가 기억에 남아있었다. 엄마가 좋아하던, 흰 수선화였다.

"시간 날 때 한 번 봐봐요. 꽤 재밌거든요."

"아…… 네."

좀 늘어지는 기분이 들었다. 이것도 꼭 숙제처럼 느껴지는 기분.

"어차피 문영 씨도 무대에 나서야 하잖아요. 무대를 직접 마주해보는 것도 괜찮아요."

"그럼, 추천 좀 해주실 수 있나요."

귀찮은 표정으로 대충 알겠다고 넘기고 싶었지만, 채림 씨 성격에 이런 태도도 못마땅하게 볼 것 같았다. 그래서 조금은 관심 있는 척, 질문을 던졌다.

"음…… 좀 많은데. 아까 말했던 2시 22분도 괜찮고. 아, 혹시 뮤지컬도 좋아해요?"

난 본 적 없어서 잘 모르겠다고 말했다. 그러자 채림 씨는 분

명 좋아할 거라면서 갑자기 뮤지컬 이야기를 주욱 이어가기 시
작했다. 유명해서 한 번 정도는 이름을 들어봤을 뮤지컬부터 생
전 처음 듣는 뮤지컬까지. 게다가 뮤지컬에서 나오는 노래들을
넘버라는 별칭으로 부른다는 것까지 알게 됐다. 유익한지 아닌
지 모를 정보들을 열심히 쏟아낸 채림 씨는 만족스러운 얼굴로
어떠냐고 물었다.

"근데 연극보다 뮤지컬을 더 좋아하시나 봐요?"

"그건 아닌데, 요새 뮤지컬에 재미 들려서……."

신나게 떠들어 놓고 부끄러워하는 듯한 얼굴을 보였다. 이런
면도 있구나. 첫 만남에서 묘하게 날 선 태도는 온데간데없고
뮤지컬에 진심인 덕후의 모습만 남아있었다.

"됐고, 말이나 놔요. 앞으로 연기 종종 봐줄 건데, 존댓말은
너무 딱딱하잖아."

"네?"

대화의 흐름을 종잡을 수가 없었다. 말을 놓는 게 싫다거나
가까워지기 싫다는 건 아닌데, 정말 갑자기. 이 타이밍에? 라는
생각에 머리가 멍했다.

"편하게 언니라고 불러."

나는 조금 망설이다 입을 열었다.

"채림 언니……?"

"응. 훨씬 괜찮다."

그러면서 채림 언니는 내 앞머리를 꾹 누르듯이 쓰다듬어 주
었다. 완전 애기 취급하듯이 말이다. 이런 취급에 괜히 희솔이
가 떠올랐다. 나한테 안겨도 내 키가 작아서 꼭 내가 안겨있는

모양새가 되었던, 그런 순간이 많았다.

*

이 주 정도가 흐르자, 워크숍 참여 조사가 시작되었다. 사실 말이 참여 조사지 정말 별일 있는 것이 아니라면 신입인, 게다가 연기를 잘 모르는 난 필참이었다. 이 주간 한 거라고는 발성 연습과 감정을 표현하는 연습이었다. 고작 이것 두 가지 했다고 자신 있는 건 아니지만, 난 각본에서 최대한 등장 빈도가 낮은 캐릭터를 도전해 볼 생각이라 괜찮을 것이라 믿었다.

희솔이는 그때 화를 내고 간 이후로 나랑 통 말을 하질 않는다. 애초에 나는 배우, 걔는 연출이고 아직 각본 작업이 다 끝나지 않아서 그런 걸 수도 있지만 같은 공간에 있어도 분명 불편했다. 물론 난 대표님이 가르치는 것들을 따라 하느라 바빴지만, 그러는 와중에도 희솔이가 뭘 하고 있는지 흘겨보았다.

잠시 쉬는 시간이었다. 책상들을 한곳에 몰아넣은 턱에 앉는 거라곤 벽에 기대는 것뿐이었다. 엉덩이가 더러워지는 게 좀 찝찝했지만 계속 서 있는 채로 연기를 하는 건 제법 힘든 일이었다. 꼭 몸을 쓰지 않고, 머리만 써도 배고픈 것처럼 연기를 하는 것도 내 에너지를 많이 잡아먹었다.

"요새 통 말이 없네. 너희 둘."

현진이가 슬며시 옆으로 왔다. 다과라고 놔둔 초콜릿을 뜯고 있었다.

"아직 각본이 다 안 나왔고, 아라 씨랑 열심히 각본 작업하고 있으니깐."

나는 정곡을 찔린 기분이었지만, 별일 아니라는 듯이 답했다. 애초에 내가 한 말에 잘못된 것도 없고 말이다.

"넌 그렇다 치는데, 쟤가 은근 어색하달까. 좀 평소답지 않은 것 같애."

현진이는 전부터 눈치가 참 빨랐다. 배려인지는 몰라도 주위 사람들의 의중을 금방 알아차린달까. 그래서 그런지 여러 사람과 터울 없이 잘 지냈다. 다툼이랄 것도 별로 없었고 말이다.

"넌 워크숍 가는 거야?"

희솔이 얘기가 불편해서 말을 돌렸다. 현진이라면 이렇게 다른 얘기를 꺼내는 것만으로도 눈치챌지도 모르지만, 괜히 같은 공간에 있는 희솔이가 들을까 두려웠다.

"가야지. 넌?"

"나도 아마 가시 않을까."

특별히 워크숍을 안 갈 이유는 없었다. 빠지게 되면 왜 빠지냐고 한 번은 물어볼 것 같은데, 굳이 거짓으로 이유를 둘러대고 싶지는 않았다.

현진이의 연기는 제법 괜찮았다. 아무것도 모르는 내가 봐도 꽤 잘한다고 느꼈다. 그리고 태도도 달랐다. 다른 사람이 고쳤으면 하는 것들을 말해주면 핸드폰을 꺼내 들어 급하게 받아 적었다. 열정적인 모습이 남달랐다.

채림 언니는 저번부터 나에게 상냥하게 대해주기 시작했다. 내 마음이 너무 꼬여서 첫인상이 안 좋았던 걸지도 모르지만, 아무튼 처음보단 좋았다. 언니가 팁이라고 주는 소소한 내용들은 꽤 괜찮게 다가왔다. 이런 게 경력에서 오는 무언가일까. 배우면 배울수록 언니의 말들이 믿음직스럽게 다가왔다.

"조금 더 힘을 빼보는 건 어때?"

"이렇게……?"

내가 어깨를 축 늘어뜨리자, 언니는 다급하게 손사래를 쳤다.

"그렇게 말고, 이렇게. 어깨에 힘은 빼는데, 실루엣이 너무 처져 보이면 안 되니깐 걸치는 느낌?"

그러고 언니는 왼손을 이마에 가져다 대며 한숨을 폭 내쉬었나. 오른손엔 대표님이 연습하라고 주신 임시 대본이 들려 있었다. 지금 나랑 언니가 연습하고 있는 것은 짜증, 한심함을 표현하는 감정 묘사였다.

"지친다. 지쳐. 언제까지 이럴 건데? 이런다고, 다시 돌아갈 수 있을 것 같애?"

방금까지 나에게 말하던 톤은 온데간데없고, 매섭고 싸늘한 목소리만이 주위를 맴돌았다. 연기였지만, 좀 무섭게 느껴졌다.

"이렇게. 한번 해볼래?"

짜증스러운 표정을 순식간에 풀어버리고는 손에 들려 있던 대본을 내게 건넸다. 짧은 한마디 대사였지만, 그 한마디도 누가 하느냐에 따라 천차만별이겠구나. 그렇게 생각했다.

"지친다. 지쳐. 언제까지 이럴 건데. 이런다고 다시 돌아갈 수 있을 것 같애?"

아, 역시 어색하다. 다른 감정은 무난하게 해보겠는데, 이런 식으로 한심하다는 듯 말하는 연기는 좀처럼 되질 않는다. 언니는 괜찮다고 했지만, 아무리 생각해도 괜찮은 건 아닌 것 같았다. 왜 이렇게 로봇처럼 뚝딱거릴까. 한심해하고 귀찮아하는 눈빛이 내가 제일 싫어하는 것이라서 그런 걸까.

그래도 언니는 다른 방안이 있다고 했다. 내가 못 하는 게 한심해하는 연기라면, 남을 한심해하지 않는 배역을 맡으면 된다는 것이었다. 듣고 보면 맞는 말이었다. 단점을 극복하는 것도 좋지만, 단점을 피하는 것도 하나의 방법이니깐.

"문영아, 너 되게 열심이다?"

"발목 잡긴 싫어서……."

언니가 쉬는 시간에도 연습용 대본을 훑고 있는 나를 보고 말했다. 발목 잡긴 싫다. 이건 정말 진심이었다. 물론 열심히 안 할 마음으로 입단을 결심한 건 아니었다. 하지만 채림 언니가 연기를 가르쳐주는 게 재밌었고, 대표님이 연극에 대한 자기 생각을 말할 때 멋있었다. 다른 사람들도 눈에 띄게 진심인 모습을 보여줘서 나도 거기에 동조하고 싶어졌다.

엄마가 연극을 사랑하던 것도 이런 이유였을까. 반짝거림엔 전염성이 있어 나도 모르게 동조하게 되는 것 같다. 열망하는 무언가가 있다는 게 참 드문 일이지 않을까. 보통은 적당히 되는대로 돈을 보고 살아갈 텐데. 물론 엄마가 연극을 하던 시절에 나는 고작 여덟 살이었고, 경제관념 같은 건 전혀 머릿속에 들어있지 않았다. 그래서 엄마의 연극이 얼마나 돈이 되고 안되는지는 전혀 알 수 없었다. 하지만 한 번 보러 갔던 극장의 크기로 미루어 보건대, 잘나가는 각본가는 아니었던 것 같다. 이제 보면 엄마도 참, 열정적이었지 싶다.

"현진이라는 친구 때문에 들어왔다는 거, 거짓말이지?"

예기치 못한 질문에 당황해서 고개를 들었다. 언니는 날 흥미롭다는 듯이 쳐다보고 있었다.

"갑자기, 왜?"

"내가 인사 관련 일 한다고 했잖아. 아직 경력이 쌓인 건 아니지만, 그래도 면접관으로 면접을 꽤 많이 해봤거든."

나는 잠자코 고개만 끄덕였다. 무슨 말을 하려는 건진 모르겠지만, 우리 둘만 있는 것도 아니어서 혹시 희솔이 귀에 들어갈까 노심초사했다.

"문영이 널 2주 넘게 꾸준히 보는데, 아무래도 네 태도가 그런 가벼운 이유는 아니야. 게다가 그런 가벼운 이유로 들어온 애들이 할 행동들은 내가 잘 알거든."

언니는 의외로 무서운 구석이 있었다. 직업 때문에 그런지는 몰라도 이 언니 앞에선 거짓말이 불가능할 것 같았다. 자칫 잘못하다 역으로 당할 것 같은 기분.

"그런 애들은, 꼭 연극이 아니어도 마찬가지겠지만, 열심히 하려는 구석이 없어. 오히려 열심히 하는 애들을 이상하게 보더라."

"꼭…… 경험담 말하는 것 같아."

이 말에 언니는 날 물끄러미 쳐다봤다. 혹시 내가 말실수라도 한 걸까. 무슨 생각을 하고 있는지 알기 힘든 표정이었다.

"경험담 맞아."

한참을 쳐다보다가, 언니는 자기 얘기를 술술 꺼내기 시작했다. 대학 동아리 시절 친구 따라서 들어온 후배 한 명이 동아리 분위기를 망쳐 놓아서 연극을 못 했던, 그런 이야기였다. 사실 나를 처음 봤을 때, 조금 날이 선 태도를 보였던 것도 그 후배가 생각나서 그랬다고.

"근데 내 잘못도 좀 있긴 했어. 내가 연극에 대한 쓸데없는 자부심? 같은 게 있었거든. 그래서 기준도 높았고, 그 기준을 못 맞추면 대충한다고 생각했던 거야."

언니는 동아리 부회장이었다고 한다. 사실 말이 부회장이지 동아리 내에서 권력은 회장보다 더 높았다는데, 언니만의 강단 있는 모습에 연극 수준도 높아졌다고 한다. 하지만 그만큼 자기 기준이 높아서 모임에 하루만 빠져도 눈치를 주거나 연습 때 잠 깐 쉬는 것도 허락해 주지 않았다고. 그래서 제풀에 꺾여 나가 는 사람이 하나, 둘 늘어나자, 회장이랑 다툼도 일어났는데.

"그때 회장이 나보고 좀 융통성 있게 하라고. 다 각자 사정이 있을 텐데, 우리가 무슨 프로도 아니고 왜 이렇게까지 하냐고 하더라."

그래서 언니는 고민에 빠졌다고 했다. 완벽하게 해내는 게 좋은 게 아닌 거야? 그런 고민을 수십 번 하다가 다시 지우기를 반복했다. 그러다 고민 끝에 깨달은 건, 나의 완벽이 모두의 완 벽이 아니라는 것이었다. 내 기준을 잣대 삼아 멋대로 휘저은 연극 동아리는 어느새 열정이라는 색을 잃어 천천히 꺼져가고 있었다고 했다.

"그래서 그 후부터는 융통성 있게 했어. 내 기준에 좀 어긋나 도, 사정이 있겠거니 하면서. 물론 그때 그 후배 녀석은 정말 별 로였지만."

103

언니는 연습이나 다시 하자며 나를 일으켜 세웠다. 자기 주관이 뚜렷한 사람. 내 눈에 비친 언니는 그런 모습이었다. 방금 이 이야기를 듣기 전에도, 들은 후에도 말이다. 하지만 앞만 보고 달리는 게 아니라 옆도 보면서 달리는 법을 터득하면 이렇게 되는구나. 다른 사람을 연기하는 것이 언니의 결여된 한 조각을 채워준 게 아닐까, 하는 생각이 들었다.

사정이 있겠지. 이 말이 자꾸 머릿속에서 재생되었다. 엄마가 나를 떠난 사정. 내가 엄마를 미워하게 된 사정. 그게 어떤 건지 완벽히 이해하면 난 엄마를 조금 편하게 대할 수 있을까? 확신이 안 섰다. 내게 결여된 것은 대체 무엇이었는지. 그걸 난 어떻게 채워야 하는지.

워크숍

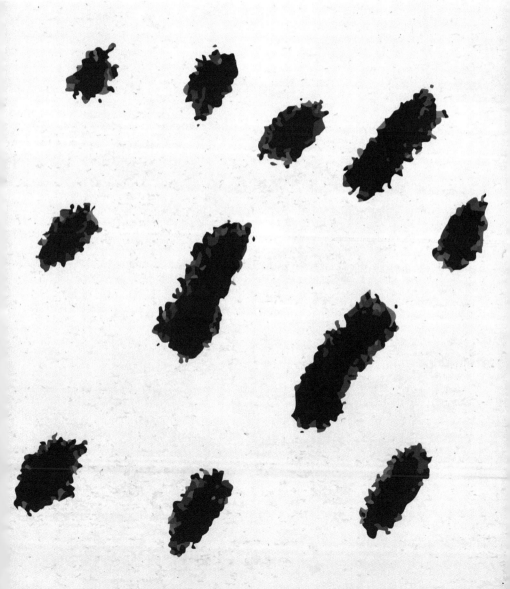

07

일주일이 더 흐르자, 워크숍 장소가 정해졌다며 시간과 장소를 공지했다. 담장이에 들어오고서 인원 전부가 있는 단체 방에 초대가 되었는데, 그 방을 통해 하루가 멀다고 공지가 올라왔다. 워크숍 공지도 있었고, 정리 당번 공지도 있었다. 난 아직 들어오고서 한 번도 당번에 걸리지 않았는데, 이번 주가 내 차례였다. 혼자 하는 건 아니었고 아라 씨랑 같이 당번이었는데, 희솔이랑 말을 통 못 한 만큼 아라 씨랑도 몇 마디 나누질 못했었다. 나중에 단둘이서 정리할 걸 상상하니, 조금 어색할지도 모르겠다는 생각이 들었다.

눈이다.

밖을 나서니 눈이 내리고 있었다. 우산을 안 챙겨서 다시 올라가려는데 주머니에서 진동이 느껴졌다. 뭔가 익숙한 느낌이었다. 이 시기쯤이면 설마 엄마의 연락인가 싶어 핸드폰을 꺼냈다. 역시나, 엄마였다. 주말에 시간 되면 보자는 연락이었다. 이렇게 제멋대로 연락하는 게, 좀 이기적인 것 같다가도 난 홀린 듯이 알겠다고 답을 보낸다. 솔직히 만나서 거창한 이야기를 하는 것도 아니고 끈끈한 정이 남아있는지도 모르겠다. 그저 이 눈보다 차갑게 느껴질 정도의 대화를 나누고 헤어질 뿐이었다. 그래도 난 이유 없이 그 차가움을 향해 나서기를 반복했다. 불규칙적이고 제멋대로인 그 차가움이 뭐가 좋다고 말이다.

눈 때문에 길이 막혀서 조금 늦을 줄 알고 일찍 나섰는데, 예상보다 빨리 도착했다. 이 시간이면 아무도 없을 텐데 가서 뭐 하지, 고민하며 계단을 성큼성큼 올랐다. 엘리베이터를 타도 상관없지만, 이렇게 시간이 많이 남을 땐 어떻게든 시간이 더 오래 걸리는 길을 택했다. 현진이는 아직 출발도 안 했다고 하고, 3층에 올라왔을 때 복도는 아무도 없다는 것을 증명하듯 조용했다.

그렇게 별생각 없이 회의실 문고리를 잡은 순간이었다.

"그래서 이게 제 잘못이라는 거예요?"

거센 고음이 들렸다. 화들짝 놀라 몸이 움츠러들었다. 나처럼 빨리 온 사람이 있는 걸까. 다행인진 몰라도 이 건물 문들은 다 투명한 유리 틈이 있어서 내부를 작게나마 살필 수 있었다. 나는 누가 있는 건가 싶어 얼굴을 틈에 바싹 붙이고 회의실 내부를 이리저리 살폈다.

"말씀이 지나치시네요. 당신의 잘못이랄 건 없는데 말이에요."

아라 씨였다. 회의실 탁자를 밀어두고 중앙에 서서 열연을 펼치고 있었다. 아라 씨도 연기를 하는구나. 연출을 종합해서 맡고 있다는 얘기만 들어서 연기를 하는 모습은 상상도 못 했다. 그나저나 굉장히 타이밍을 잘 못 잡은 것 같다는 생각이 들었다. 들어가야 할지 누가 오길 기다려야 할지. 큰 난관에 빠진 기분이었다.

"하지만 당신이 그렇게 말했…… 문영 씨?"

유리 틈에서 지켜보던 나와 눈이 마주쳤다. 이렇게 바로 눈이 마주칠 줄은 몰랐는데, 너무 안일하게 지켜봤던 것 같다. 이미 들켜버린 마당에 숨는 건 의미가 없고, 그래서 자연스레 문을 열었다.

"빨리 오셨네요……?"

어색하게 물어보는 질문에 나는 네, 라고 짧게 답했다. 지금 되게 어색한 상황인 것 같은데, 아라 씨도 같은 마음이었는지 귀가 굉장히 빨갰다.

"눈이 와서, 좀 막힐 줄 알았는데 빨리 도착했어요."

"어? 지금 눈와요?"

"네, 온 지 좀 됐어요."

내 말에 아라 씨는 방금까지의 부끄러움은 어디로 간 건지 급하게 창가로 달려가 창문을 열었다. 네모난 창 안으로는 아까보다 더 많은 눈이 펑펑 쏟아지고 있었다.

"와, 진짜네. 엄청 많이 와요!"

아라 씨는 신난다는 듯이 창밖을 가리켰다. 눈은 밖을 가리키던 아라 씨의 손도 순식간에 뒤덮을 만큼 쏟아지고 있었다. 그나저나 눈이 온 줄도 몰랐다는 건 여기에 온 지 족히 두 시간은 넘었다는 의미인데, 평소에도 이렇게 빨리 오는 건가. 그런 의문이 들었다.

구석에 밀어둔 탁자 위엔 종이가 한 무더기 쌓여있었다. 아라 씨가 눈 구경에 빠져있는 동안 그것들을 힐끗 보았는데, 아마 작업 중인 각본인 것 같았다. 마음에 안 들어 구겨 버린 종이도 있었고, 볼펜으로 몇 번이나 강조해서 찌그러진 종이도 있었다. 참 열심히 하는구나. 저렇게 순진한 얼굴로 눈을 쳐다보는 이면엔 이런 노력이 갖가지 쌓여있다는 게 멋있어 보였다.

바닥에 나뒹굴던 종이를 주웠다. 이건 아마 아까 아라 씨가 연기하면서 들고 있던 대본이었을 것이다. 이것도 이번 각본의 일부인 걸까. 그래서 본인이 직접 연기해 보며 각본을 수정하고 있던 걸까. 그런 생각을 하면서 종이를 집어 들었다. 그런데 이건…… 아무리 봐도 이번 각본 같은 게 아니었다. 내 기억이 맞다면 대표님이 연습하라고 모두에게 주셨던 임시 대본이었다.

"아, 쓰면 좋을 부분이 있을 것 같아서 연기해 보고 있었어요."

내가 들고 있던 종이를 확 잡아채며 말했다. 신나게 눈을 보던 얼굴은 어디로 가고 날 쏘아붙일 것처럼 쳐다보았다. 쓰면 좋을 것 같은 부분이라는 게 어디인지는 잘 모르겠지만, 아까 내가 봤던 연기는 단지 그런 이유로 하던 게 아닌 것처럼 보였다. 게다가 당황해하는 얼굴은 분명 이유가 있어 보였다.

하지만 굳이 캐묻진 않았다. 캐물을 만큼 친하지 않았던 게

109

이유이기도 했고, 괜히 물었다가 분위기가 어색해지면 나중에 둘이 뒷정리할 때 곤란해지겠다고 생각했기 때문이었다.

"연기 배우는 건 할 만하세요?"

"네. 다들 잘 가르쳐주셔서……."

눈은 계속해서 내리고 있었다. 아까보단 잠잠해졌는데, 그만큼 우리의 분위기도 조용해졌다. 나는 남아있는 의자 하나를 꺼내어 앉았고, 아라 씨는 뭉텅이로 있는 각본 앞에 앉아 열심히 훑어보고 있었다.

"솔이랑 싸웠죠."

얼굴은 여전히 각본을 보고 있는 채로 물었다. 이런 조용한 분위기에 저런 질문이라면 마치 내가 정곡이라도 찔린 기분을 느껴야 할 것 같았다. 희솔이가 나에 대해 뭐라고 말했을지 신경이 곤두섰다.

"솔이가 말해주던데요. 답답하게 구는 친구 때문에 자기도 너무 답답하다고. 문영 씨를 보는 표정이 너무 안 좋길래 제가 물어봤죠."

"답답하게 구는……."

나는 이 말에 입술을 질끈 깨물었다. 희솔이의 발언이 화가 났다기보단 희솔이가 저렇게 생각할 정도로 내가 그랬다는 사실이 너무 부끄러웠다. 좀 더 용기를 낼 걸. 나는 무슨 대단한 사연이라고 입을 다물었던 걸까.

"사실 연극 할 땐 배우끼리 대사를 섞겠지만, 연습할 땐 연출이랑 대화를 제일 많이 하거든요. 이왕 하는 거 풀 거 다 풀고,

불편한 거 없이 하는 게 좋지 않겠어요?"

나는 알겠다고 답할 수밖에 없었다. 내 잘못이 크다고 생각했다. 그렇게 말하고, 그렇게 눈물을 보일 애가 아닌데.

희솔이는 정말 좋은 친구다. 내 사정에 개의치 않는 좋은 친구. 나는 가끔 이 애가 나에게 너무 과분한 존재라고 생각했다. 희솔이는 머리도 좋고, 얼굴도 괜찮고, 하고 싶은 것도 뚜렷하고. 모든 부분이 빛나는 사람인데, 나는 칙칙한 생각만 머리에 가득 찬 사람 같았다. 그래서 굳이 말하지 않은 건데. 근데 이만큼이나 실망해 버릴 줄은 정말 몰랐다. 진짜로 몰랐다.

다시 분위기가 조용해졌다. 아라 씨랑 친하지 않았던 건 둘째 치고, 내가 기억하던 아라 씨의 성격은 굉장히 밝고 명랑했다. 물론 사람이 매번 그럴 수는 없겠지만, 그래도 작업할 때의 모습은 사뭇 진지해 보여서, 색다른 기분이었다.

"각본 읽어보실래요?"

내가 할 일 없이 앉아있는 게 눈에 걸렸을까, 각본 종이를 몇 개 쥐더니 나에게 건네주었다. 이걸 내가 먼저 봐도 되는 건가 싶은 생각이었지만 연출이 직접 준 건데 무슨 문제일까, 하는 마음에 안심하고 읽었다.

아라 씨는 자연스레 내 옆으로 와 앉았다. 집중해서 읽으려 하는데, 옆에서 자꾸 빤히 쳐다보는 바람에 그러지 못했다. 오른손으로 볼펜을 이리저리 돌리며 무언가 하고 싶은 말이 가득한 표정이었다.

"혹시 무슨 문제라도……."

"그냥, 이 부분이랑 이 부분 어떤가 싶어서요."

내 반응을 기대하는 듯한 얼굴이었다. 아라 씨가 볼펜으로 체크한 부분을 살피며 읽어보는데, 사실 나 같은 초짜가 발언해도 되나, 하는 생각이 들었다. 그래서 대사가 길어서 다 외울 수 있을까요, 같은 말밖에 해주지 못했다.

"어? 뭐야. 둘 다 빨리 왔네요."

대표님이 문을 벌컥 열며 들어 왔다. 눈을 많이 맞았는지 코트 위에 하얀 가루들이 미처 떨어지지 않은 모습이었다. 그 뒤로도 사람늘은 쭉쭉 들어왔다. 현진이, 희솔이, 채림 언니까지. 그리고 늘 했던 기본기 연습을 진행했다.

요샌 현진이는 혼자서 여러 사람에게 고칠 점들을 스스로 연습하고, 나는 계속해서 언니에게 배우고 있다. 사실 나 빼곤 연기라는 것을 한 번쯤은 해봤던 사람들이라 집중 마크가 필요 없었다. 물론 나도 어렸을 때 연극을 해봤지만, 그 경력은 당연히 지금의 나에게 도움이 되지 않았다. 실력으로나, 경험으로나.

그래서 경력이 제법 되는 채림 언니가 나를 마크해서 교육하고, 대표님이 주로 나머지 사람들을 가르치는 방식으로 운영했다. 혼자 따로 배우는 것 때문에 어딘가 소외감이 느껴지는 것 같기도 했지만, 언니가 워낙 잘 가르쳐주기도 하고 어차피 내 수준으론 이런 집중 마크 없인 따라가지 못했을 것 같다는 생각이 들었다.

"자, 오늘도 수고 많으셨고 뒷정리 인원들 잘 정리해 주고 가주세요! 고생하셨습니다."

벌써 시간은 밤이었다. 눈은 어느새 그쳤고, 창밖은 어두웠다. 얘기를 들어보니, 뒷정리는 바닥을 쓸고, 밀걸레로 한 번 밀고, 밀어둔 탁자들을 원위치시키는 것뿐이었다. 나는 아무 말 없이 걸레로 바닥을 닦고 있었다.

분위기가 되게 조용했다. 차라리 현진이, 아니면 채림 언니랑 당번이었으면 연기 질문이라도 하면서 청소했을 텐데, 아라 씨랑은 달리 할 말이 없었다. 아라 씨도 묵묵히 바닥만 쓸고 있었다.

"문영 씨는, 이걸 왜 하세요?"

아라 씨의 목소리였다. 나는 왼쪽 벽 구석을, 아라 씨는 오른쪽 벽 구석을 청소하느라 서로를 등지던 상황이었다. 이거라는 게, 아마 연극을 말하는 거겠지.

"이거라면, 연극 말하는 거예요?"

"네. 그렇죠. 연극이요."

이유라면 이미 자기소개 때 말했었다. 현진이가 초대해 준 덕에 연극을 보게 되었고, 그것 때문에 들어오게 되었다고. 물론 그렇게 말해서 희솔이와 다툰 거지만, 겉으로 드러낼 만한 이유는 현진이뿐이었다.

"현진이 때문에……."

"아, 그랬죠. 현진이가 초대해줬지, 참."

내 대답에 화들짝 놀라듯이 말했다. 반응을 보니, 할 말이 없어서 아무 질문이라도 던진 게 분명했다.

"근데 저희 동갑 아니에요? 불편한 거 아니면 말 놓아도 되는데. 현진이랑도 최근에 놓았거든요."

아라 씨는 어느새 빗자루질을 멈추고 나를 보고 있었다. 말을 놓는 거야 안 될 건 없었다. 언니랑도 말을 놓았고, 이제 좀 이 공간에 정이 생기려던 차였다. 하지만 바로 좋다고 말하기엔 내 성격이 그걸 따라주지 못했고, 그래서 머뭇거리고 있을 때였다.

"뭐에요. 싫어요?"

"아니요……! 편하게, 편하게 해요."

나는 쏘아붙이는 아라 씨의 말에 다급하게 손사래를 치며 좋다고 답할 수밖에 없었다. 그런 내 모습이 우스꽝스러웠을까, 아라 씨가 손을 입가에 가져다 대며 웃기 시작했다.

"픕, 너 되게 귀엽다. 문영아."

얼굴이 화끈 달아올랐다. 그래도 조용했던 분위기는 풀렸으니 다행인 걸까. 어색했던 기류는 어디론가 사라지고 순식간에 반말을 섞어가며 청소를 이어가기 시작했다.

애초에 관리를 잘해 놓았던 지라 청소엔 그렇게 많은 시간이 소요되지 않았다. 몇 번 쓸고 닦고를 반복하니 금세 마무리되었다. 아라는 탁자를 원위치시키기 전 잠깐 쉬자면서 의자를 꺼내어 털썩 앉았다.

"너도 먹을래?"

초콜릿이었다. 대표님은 늘 당이 떨어지면 안 된다면서 이런 달달한 것들을 회의실에 가져오신다. 그것들을 구석 어딘가에 잘 보관해서 놔두는데, 담장이 사람 중 아무나 먹어도 상관없다고, 공용이라면서 매번 초콜릿 같은 걸 채워두신다. 특히나 배우들은 선 채로 계속 말하거나 얼굴을 찡그리니깐, 에너지 소비가 커서 초콜릿을 자주 꺼내 먹었다.

나는 아라가 건넨 초콜릿을 받아서 봉지를 뜯었다. 우물우물 씹으며 입 안에서 녹아가는 초콜릿은 아주 달콤했다.

"아까 혹시…… 내 연기 봤어?"

아라의 말이 내 달콤한 순간을 뚫고 들어왔다. 시선은 바닥을 향해 있었다. 연기라면 아까 문 유리 틈으로 본 게 전부였다. 어땠는지는 정확히 기억나진 않는데, 이렇게 다시 물어볼 정도면 혹시 내가 보면 안 될 걸 봐서 그런 걸까.

"응, 잠깐 봤는데……."

"아, 역시 봤구나. 그냥 심심풀이로 해본 건데."

"그래?"

"당연하지. 나 같은 게 무슨 연기야."

아라는 웃으며 팔을 쭉 뻗었다. 본인을 저렇게 말하는 건 좀 이상했다. 아라라면 분명 잘할 것 같았다. 성격도 밝고 에너지도 넘치니깐.

아라는 벌컥 일어나더니 탁자를 마저 옮기고 마무리하자고 말했다. 어차피 더 지체할 시간도 없었고, 나도 빨리 끝내고 싶던 참이었다. 하지만 아라의 말이 좀 걸렸다. 자기가 무슨 연기냐며 단언하던 얼굴이 평소의 아라가 아닌 것 같았다. 물론 아라도 집중할 땐 진지하고 조용하다는 걸 알았지만, 그런 것과는 조금 다른 무언가였다.

"고생했어. 다음 주 워크숍 때 봐!"

"응. 너도 조심히 들어가."

우리는 입구에서 나와 짧게 손을 흔들고는 헤어졌다. 눈은 그쳤고 아까 내렸던 눈이 쌓여서 온통 하얀 것들 투성이였다.

공기는 여전히 살이 떨릴 만큼 추워서 숨만 내뱉어도 입김이 나오고, 옷을 껴입어도 다리가 오들오들 떨렸다.

그래도 오늘은 나쁘지 않았던 것 같다. 아라와 친해지고, 말도 놓았으니 말이다. 아라는 말을 놓고서도 여전히 기운이 넘치는 친구였다. 솔직히 난 아라를 처음 만났을 때의 분위기를 잊지 못했다. 쉴 새 없이 말하는 모습에 내 기운이 거의 다 빠져나가는 것 같았으니깐. 눈을 볼 때도 어린 아이마냥 행복해하는 게 꼭 누굴 생각나게 했다. 그 사람이 아마.

엄마였지.

눈을 좋아하고, 원체 하얀 것들을 다 좋아하던 사람. 눈이 오면 나를 바깥에 데리고 나가던 사람. 물론 어렸던 나도 눈을 싫어하던 건 아니었지만, 이제 와서 보면 그 하얀 추억들은 별로 좋은 감정으로 덮어지지 않았다.

*

팥죽은 내가 싫어하는 음식 중 하나였다. 절대 못 먹는, 그런 수준은 아니지만 굳이 이걸 돈 주고 사 먹고 싶지는 않은 음식이었다. 식감이 마음에 안 든 건지 너무 달아서 싫은 건지는 모르겠지만 아무튼 내 입맛엔 별로였다. 그런데 오늘 엄마가 데려온 식당은 팥죽집이었다.

사실 엄마가 이렇게 식당에서만 만나자 하는 것도 이해는 갔다. 당장 밥 먹는데도 아무 대화조차 하지 않는데 카페 같은 장소를 간다고 생각하면 더 어색할 뿐이었다. 그래도 팥죽집이라

116

니. 너무했다. 내가 싫어하는 음식조차 모르면서 날 왜 자꾸 불러내는지. 그리고 난 뭐가 좋다고 나오는 건지.

"먹어 봐. 여기 유명한 곳이거든."

새하얀 그릇에 담긴 갈색빛의 팥죽. 거기에 오밀조밀하게 박힌 새알들. 여기까지 와서 안 먹겠다고 할 수도 없는 노릇이고, 단지 싫어할 뿐이지 알레르기 같은 게 있는 건 아니었으니깐, 하는 수 없이 한 입 삼켰다.

"어때? 맛있니?"

"네. 맛있네요?"

이상했다. 내가 먹었던 팥죽들은 다 잘못 조리했던 걸까. 너무 달지도 않고 식감도 고른 것이, 정말 마음에 들었다. 어디서 이런 식당을 찾은 건지. 여태 먹었을 땐 속이 얹힌 것처럼 텁텁하게 먹었던 것 같은데, 아마도 처음으로 엄마 앞에서 시원하게 그릇을 비운 것 같다.

"혹시 시간 되면 차라도 한 잔 마실까? 커피 마시니?"

엄마가 문 앞에서 계산을 마치며 내게 물었다. 처음이다. 엄마가 불현듯 내게 연락하고서부터 어언 5개월. 그 긴 시간 동안 밥만 먹고 헤어지는 것이 전부였는데, 처음으로 내게 다른 것을 제안했다. 지금 이 기분이 기쁜 건지 아니면 싫을 뿐인 건진 잘 모르겠다. 내가 이 만남을 쭉 이어가면서 무엇을 얻고 싶은 건지도 잘 모르겠다. 그럼에도 나는 반사적으로 승낙한다. 마치 보이지 않는 초끈이 연결되기라도 한 것처럼 말이다.

커피는 썼다. 원래 카페에 오면 커피보단 다른 걸 주문하는

편인데, 엄마가 커피를 주문해서 나도 얼떨결에 커피를 시켜버렸다. 따뜻했지만, 쓰디쓴 따뜻함이었다.

막상 자리에 앉으니 할 말이 없었다. 새카만 커피만 눈알을 동동 굴리며 바라볼 뿐이었다. 엄마도 마찬가지였다. 용기를 내어 카페에 가자고 했지만, 막상 본인도 꺼낼 말이 없어 보였다. 사실 예상 못 했던 것도 아니다. 이 기형적인 만남은 늘 이랬으니깐. 차라리 적어도 왜 떠났는지에 대한 해명 따위로 시작했다면 자연스러웠을지도 모르겠다.

"요즘 아영이가 공부를 통 안 하더라."

커피잔을 내려놓으며 말했다.

"친구들이랑 노는 거에 바쁜 건지, 성적도 엉망이고."

난 전혀 공감하지 않았다. 아영이가 공부하지 않는 것과 지금 이 대화가 대체 무슨 연관이 있는 건지.

"넌 학과 공부 할 만하니?"

"그냥, 그럭저럭 이요."

괜히 미운 마음이 솟아나 퉁명스레 답했다. 안절부절한 표정이라도 보고 싶었던 걸까. 컵을 쥔 엄마의 손에 힘이 들어가 있는 것처럼 보였다.

"그…… 문영아. 곧 방학인 걸로 아는데, 방학하면 어디 바람이라도 쐬러 갈까? 엄마랑 같이?"

이건 아마 저번에 말했던 제주도인 것 같았다. 문득 아영이가 했던 말이 떠올랐다. 기왕 만나는 거 좀 살갑게 대해달라고. 나는 잠시 머뭇거리다가 입을 열었다.

"네. 언제 한 번, 가요."

"그럼, 제주도도 괜찮니? 길게는 아니고 짧게."

엄마는 내 대답에 싱긋 웃더니 사진을 마구 보여주며 여긴 어떻고, 저긴 어떤지를 보여주었다. 그중엔 수선화 축제에서 찍은 사진처럼 보이는 것도 있었다. 나는 뭐든 다 좋다고, 상관없다는 듯 말했다.

내 말 한마디에 표정이 환해지는 엄마를 보고 있자니, 기분이 이상했다. 당연히 정신이 멀쩡한 사람이라면 남이 괴로워하는 것을 보고 즐길 리는 없다. 나도 마찬가지다. 웃고, 떠들고, 화목한 분위기가 좋다. 그런 분위기에서 행복함이 나온다. 엄마가 웃는 얼굴이 보기 좋았다. 왜 좋지? 납득이 갈 만한 설명을 들은 것도 아니고, 엄마의 상황을 이해하는 데 성공한 것도 아니었다. 나는 엄마를 미워했던 게 아니었나.

*

워크숍 장소는 어느 펜션이었다. 듣기론 아라 씨 친척분이 운영하고 계시는 펜션이라고 했다. 안 쓰는 가정집을 펜션처럼 바꾸어 운영하는 곳이라 분위기가 꽤 아늑했다.

일찍 참여할 수 있는 사람들은 장보기를 맡았다. 나도 현진이도 희솔이도 대학생이라 오후 2시에 숙소 앞에 도착해있었다. 마침 근처에 괜찮은 식자재 마트가 있어서 짐을 두고 가는 길이었다.

"보통 워크숍에선 뭐 해?"

"주로 개인 연기를 디테일하게 피드백해. 한 사람씩 나와서 연기하고 나머지 사람이 피드백해 줘."

"그럼 나 혼자 나와서 연기하고 나머진 다 보고만 있다는 거야?"

"그렇지."

목이 탈 것 같았다. 이런 걸 할 것이라곤 예상 못 했다. 물론 연습 때 다른 분들이 연기하는 걸 몇 번 보기도 했고, 나도 다른 사람 앞에서 연기하는 걸 보여주긴 했다. 하지만 오롯이 나 혼자 여러 사람 앞에서 연기를 선보이는 건 차원이 다른 긴장감을 줄 것 같았다.

"너무 긴장할 거 없어. 뭐 혼내려는 것도 아니고."

현진이가 말했다. 내가 잠자코 있어서 긴장했다는 걸 눈치챈 모양이다.

"응……."

그렇다고 긴장이 안 되겠냐고. 굳이 연기가 아니라 발표 같은 걸 할 때도 긴장하는 건 마찬가지였다. 현진이 같은 애들이나 떠는 거 없이 해내는 거지, 나에겐 꽤 무리였다.

희솔이는 우리 대화를 듣고도 별말없이 걸었다. 내가 긴장해서 한숨에 입김이 크게 크게 나와도 신경도 안 쓰는 것 같았다. 현진이가 말을 걸면 몇 번 대답하고, 그뿐이었다. 나도 무슨 말을 걸어보곤 싶었지만, 여전히 나한테 화난 것이 남아있는 듯했다.

마트 안은 한적했다. 금요일 오후치고는 사람들이 붐비지 않았다. 우리 셋은 각자 나뉘어 필요한 물품을 담고 오자고 정했다. 현진이는 육류. 희솔이는 다과 같은 것들. 나는 거기서 남은 잡다한 것들. 현진이랑 희솔이가 들릴 코너는 명확했던 데에 비해 나는 어디로 가야 할지 좀 헤매었다. 둘이 각자 카트 하나씩을 꺼내어 떠날 동안 난 장보기 리스트에서 뭐가 남았는지 체크했다.

음료로 마실 것들. 혹시 모를 상황에 필요한 약. 그리고 고기랑 같이 먹을 채소 정도. 나는 핸드폰 메모에 필요한 것들을 적어두고 카트를 꺼냈다.

우선 채소 코너에 들렀다. 싱싱하게 유지한다고 틀어놓은 냉방기기 때문인지 조금 추웠다. 파릇파릇한 채소 중 무엇을 고를까 하다가 대표님이 어차피 장은 우리 셋이 가니깐, 취향껏 골라오라고 한 말이 떠올랐다. 근데 채소는 특별히 취향이랄게 없을 것 같은데. 나뿐만 아니라 다른 사람들도 말이다.

한참 장을 보다가 과자 코너에 왔다. 음료수도 마침 사야 해서 둘러보던 참이었다.

"뭐 하고 있어?"

희솔이었다. 나는 순간 눈앞에 있는 희솔이 때문에 흠칫 놀랐지만, 차분한 얼굴로 답했다.

"음료수 사러. 넌 다 골랐어?"

"응."

오늘 희솔이를 만나고 첫 대화인 것 같았다. 용건이 끝났으니 가보라는 듯 나를 쳐다보지도 않은 채 과자만 고르고 있었다.

희솔이랑 이런 분위기가 이어지는 건 싫었다. 단지 같이 연극을 해야 한다는 이유를 떠나서 얘랑 이렇게 어색해지는 게 싫었다. 내가 먼저 용기를 내야 해. 내가 먼저.

"저기, 희솔아."

"왜?"

여전히 고개는 돌리지 않은 채 과자만 보고 있었다.

"아직 화 안 풀렸어……?"

희솔이의 어깨가 잠깐 움찔거렸다. 그리고 잡고 있던 과자를 카트에 집어넣고는 고개를 돌렸다.

"하……."

희솔이는 한숨을 푹 내쉬었다.

"화 안 났어. 그냥 나 혼자 답답해서 그런 거지 뭐."

"응?"

"그냥 나 혼자 답답했다고. 그게 쌓여서 홧김에 그런 거야."

내가 먼저 실망하게 만들면 안 됐는데. 이런 생각들이 그때 이후로 머릿속을 가득 채웠다. 사과해야 해. 하려면 지금뿐이었다.

"미안. 다신 안 그럴게."

"됐어. 무슨 사과야. 그냥 내가 성격이 급해서 그런 거야."

희솔이의 반응은 생각보다 싱거웠다. 그래도 받아주긴 받아준 건가? 어쨌건 미안하다는 말을 입으로 뱉은 것만으로도 조금 후련해지는 기분이었다.

그런데 희솔이 카트에 과자와 밀키트가 가득했다. 너무 많은 거 아닌가. 그런 생각이 들었다. 말하면서 계속 카트에 담는데, 좀 말려야 할 것 같았다.

"근데…… 너무 많은 거 아냐?"

"응? 뭐가."

"카트에 담은 것들 말이야."

"아."

희솔이는 카트에 담긴 것들을 보고는 순식간에 제자리에 가져다 놓기 시작했다. 부끄러운 건지 귀가 새빨개져 있었다.

30분 정도가 흘렀다. 장보기를 마무리한 우리는 다시 숙소로 향했다. 양이 꽤 많아서 봉투가 팽팽하게 늘어졌다. 조금 무겁긴 했지만, 마트로 향할 때와는 달리 가벼운 마음이었다. 어쨌건 희솔이의 기분도 조금 풀린 것 같았고, 말이다.

돌아오니 채림 언니가 기다리고 있었다. 너무 수고했다며 우리 짐을 열심히 옮겨 주었다. 언니는 유연근무로 금요일은 일찍 마쳐 평소보다 빨리 올 수 있었다고 그랬다. 아라는 알바 때문에 조금 늦는다고 했고, 모일 사람은 다 모인 것 같았다.

짐을 다 옮기고 거실에 모여 앉았다. 대표님이 가운데 서서 먼저 입을 열었다.

"워크숍에선 연기 피드백을 디테일하게 해볼 거예요. 미리 준 대본 있죠? 그중에서 자기가 자신 있는 걸 연기하고 다른 분들은 피드백해 주면 돼요. 여기서 개인이 어떤 연기를 잘하는지 파악해 보기도 할 겁니다."

대표님이 사전에 대본을 공유했었다. 1번부터 5번까지 상황에 맞춰 쓰인 대본. 거기에는 화를 내는 연기나 슬퍼하는 연기, 행복해하는 연기 등 다양한 상황이 담겨 있었다. 한 번 읽어보고 본인이 자신 있는 대본의 연기를 하나 준비해 오라고는 하셨는데, 이렇게 모두의 앞에서 할 줄 알았으면 좀 더 열심히 준비할 걸 그랬다.

내가 준비한 건 2번 대본. 일상 대화 중에 투정을 부리는 연기였다. 굳이 이걸 고른 이유는 다른 대본들은 감정을 격하게 드러내는 것들이 많았고, 그나마 준비해 볼 만한 게 2번이라고 생각했기 때문이다.

첫 시작은 현진이었다.

"그래서 당신은 저쪽으로 넘어가겠다는 거야?"

화를 내는 연기. 팀을 배신하냐 마냐에 대해 내분이 일어나는 상황을 묘사하는 대본이었다. 현진이는 대사를 몇 번 더 내뱉은 다음, 연기를 마무리했다. 전체적으로 감정이 과하다는 평가가 많았다. 다음은 채림 언니.

채림 언니는 행복해하는 연기를 준비해 왔다. 노래를 좋아하는 주인공이 오디션에서 합격하는 상황. 그걸 뮤지컬처럼 적은 대본이었다. 뮤지컬을 좋아해서 이 대본을 고른 걸까? 이유야 어쨌건 역시나 경력직답게 모자람 없는 연기였다.

그리고 다음은 나. 대본을 들고 침착하게 일어섰다. 손이 조금씩 떨려오는 것 같았지만, 두려워할 필요 없다고 되뇌었다. 가만 보면 초등학생 때도 주인공을 맡았던 나였다. 고작 몇 사람 앞에서 선보이는 연기쯤이야 떨 필요조차 없었다.

"난 네 그런 태도가 싫어."

그게 첫 대사였다. 목이 잠겨서 한 번 절었지만 계속 이어나갔다.

"왜 그렇게 말하는 건데. 좀 좋게, 이쁘게 말해도 괜찮잖아."

여기서 호흡을 가다듬고.

"나쁘게만 듣지 말고, 좀 더 좋아지려고 노력해 보자, 우리."

연인 간의 대화에서 여자친구가 남자친구에게 하는 대사였다. 또 싸우기 싫었던 여자친구가 화를 내는 게 아니라 차분하게 말하는, 그런 대본이었다.

"문영 씨가 연기를 배운 건 이번이 처음이라고 하셨죠?"

"네."

대표님이 날 잠자코 보더니 물었다.

"그런 것치고는 되게 괜찮은 것 같아요. 다만."

다만? 대표님은 잠시 텀을 두고 말을 이어갔다.

"그냥 대본을 읽는다는 느낌이 강해요. 짜인 대로 연기하는 로봇 같은 느낌. 근네 이건 문영 씨가 그만큼 더 잘할 것 같아서 하는 말이니깐요."

"에이 대표님, 너무 심하게 말하신다."

갑자기 아라의 목소리가 들려왔다. 알바 때문에 늦는다고 했던 아라는 어느새 신발장에 서 있었다. 알바하느라 꼴이 저런 건지, 달려오느라 그런 건진 모르겠지만 머리칼이 엉망이었다.

"뭐야. 되게 빨리 왔네? 언제 왔어?"

대표님은 당황해하며 고개를 돌렸다. 정말 놀라긴 했다. 귀신이라도 나타난 기분이었다. 문 열리는 소리도 못 들었던 것 같았는데.

"문 열려있길래 조용히 들어왔는데, 마침 우리 문영이가 연기 중이라 보고 있었죠."

그러고 아라는 신발을 벗고 들어오며 나에게 엄지를 치켜세
웠다. 우리 사이가 저번 뒷정리 후로 이렇게 가까워졌나 싶었지
만, 좋게 봐주는 모습에 나도 싱긋 웃어 보였다.

그렇게 연기 피드백은 어수선한 분위기에서 일단락되었다.
시간은 어느새 저녁이었다.

저녁엔 장을 봤던 고기를 구웠다. 다들 연기하느라 배고팠는
지 맛있게 먹었다. 아라는 고기를 괜찮은 것들로 잘 사 왔다며
누가 고른 것이냐고 물었다. 현진이가 골랐다고 하자 잘했다면
서 선심 쓰듯 고기 한 점을 현진이 그릇에 올려 주었다. 누가 보
면 자기가 산 것 같은 표정이어서 다들 웃음이 터졌다.

저녁을 다 먹고는 짧은 정리 시간을 가졌다. 여기서 정리는
아까 했던 연기에 대한 정리였다. 누구는 이런 걸 잘하고 누구
는 저런 걸 잘하는지를 대표님이 꼼꼼하게 말씀하셨다. 그러고
보면 내가 연기할 때도 수첩에 무언가를 열심히 적으시긴 했다.

대표님이 정리한 내 연기의 한 줄 평은 이랬다.

좀 더 인물의 감정을 면밀히 바라볼 것.

아무래도 난 대본에 적힌 대로만 했다 보니 어딘가 딱딱하게
느껴지는 구석이 있었나 보다. 가령 대본에 (화를 내면서)라고
적혀 있다면, 그것에 맞추어 화를 내는, 그런 방식으로 연기를
했었다. 물론 잘못된 건 아니지만 전후 상황의 맥락을 파악하고
좀 더 감정을 솔직하게 바라볼 필요가 있다고 말씀하셨다.

나는 왜인지 대표님의 말에 엄마가 생각났다. 맥락의 파악,

감정의 이해……. 내가 엄마를 생각할 때 배제하는 것들이었다. 지금의 엄마를 어색하게 대하는 건, 오랫동안 보지 않아서 그런 것도 있지만 여덟 살의 나를 떠났던 상황을 도무지 이해하지 못해서 그런 것도 있다고 생각했다. 적어도 난 엄마가 첫 만남 때 사과하지 않을까 생각했으니깐. 그럼, 그때의 상황을 이해하면 모든 게 다 해결될까?

정리가 어느 정도 끝나고 과자를 집어 먹으며 도란도란 이야기를 나눌 때였다.

"근데, 넌 연기 안 해?"

현진이의 고개가 희솔이를 향했다.

"나? 난 연출이잖아."

"아니, 너도 연영과잖아. 연출도 좋지만, 연기에 관심이 더 많고."

그 말에 분위기가 이상한 방향으로 흘러갔다. 다들 보.여.줘를 합창하기 시작했다. 희솔이는 잠깐 곤란한 표정을 보였지만, 옆에 있던 대본 종이를 집어 들고 자신있게 일어섰다.

"몇 번 할까?"

"오, 아무 번호나 해도 상관없어?"

아라가 감탄하듯 손을 들었다. 희솔이는 일단 번호를 불러보라며 손을 까닥거렸다.

"2번, 2번으로 해줘!"

2번은 내가 했던 대본이었다. 갑자기 2번이 튀어나온 것에 좀 당황하였지만, 내가 했던 대사 그대로를 연영과 학생 버전으로 들어볼 수 있다니. 재밌을 것 같았다.

희솔이는 잠시만 기다리라면서 대본을 빠르게 훑고는 목을 헛기침 한 번으로 풀고 표정을 바로 잡았다.

"난…… 네 그런 태도가 싫어."

바로 감정을 잡아내는 희솔이의 표정이 진지했다.

"왜 그렇게 말하는 거야? 좋게, 이쁘게 말해도 괜찮잖아. 나쁘게만 듣지 말고, 더 좋아지려고 노력해 보자, 우리."

다들 박수가 나왔다. 확실히 이렇게 보니깐, 난 좀 딱딱하게 대본대로만 했던 면이 있었다. 나는 좀 무미건조했다면, 희솔이는 애절한 무언가가 들어갔달까. 역시 연영과. 그런 감탄들이 계속 나왔다.

"조연출인 내가 했으니깐, 우리 연출님도 한 번 해보시죠?"

희솔이가 아라에게 손을 뻗었다. 아라는 박수를 치다 말고 당황한 눈치였다. 하지만 아까와 마찬가지로 아라에게도 다들 기대하는 눈총을 보냈다. 그게 꼭 희솔이처럼 멋지게 연기를 해내라는 게 아니라, 그냥 나와서 해보기라도 하는 것에 대한 기대인 것 같았지만.

아라는 떨떠름한 표정으로 일어섰다. 희솔이에게 건네받은 대본을 보면서 어떤 걸 해야 할지 고민하는 얼굴이었다.

"어…… 뭐 할까?"

아라가 양손으로 대본을 잡은 채 얼굴을 종이에 박고 있어서, 앉아있는 나에겐 어떤 표정인지 안 보였다. 다들 제각기 번호를 부르는데, 아라는 번호들을 몇 초간 듣다가 1번을 해보겠다고 하며 대본을 턱 밑으로 내렸다. 1번은 아까 현진이가 했던 화내는 상황이 담긴 대본이었다.

"그래서 당신은 저쪽으로 넘어가겠다는 거야!"

아라가 고함을 쳤다. 높은 고음이 귓가에 강하게 부딪혔다. 어딘가 익숙한 상황이었다. 저번에 눈이 엄청나게 내렸던 날, 회의실에 너무 일찍 도착해서 아라의 연기를 몰래 훔쳐봤던 그 순간이 떠올랐다. 그때도 문을 열기 전, 아라의 목소리에 화들짝 놀랐었는데.

"진짜 너무하네. 평생 그렇게……."

아라가 말하다가 멈췄다. 표정이 뭔가 불만족스러워 보였다.

"아무래도 전 연기는 영 아니네요, 하하."

아라는 머리를 긁적이며 멋쩍게 웃어 보였다. 다들 괜찮다며 박수치긴 했지만, 어색하게 앉는 아라의 표정이 그리 좋아 보이진 않았다.

자정이 조금 넘었을까, 다들 떠들 만큼 떠들었다고 생각해서 슬슬 정리하고 자자는 얘기가 나왔다. 그래서 널브러진 과자 봉지와 음료들을 치우고 이불을 꺼내어 방을 나눴다.

방엔 2층 침대 하나와 싱글 침대 하나가 있었다. 누구 한 명은 바닥에서 자야 하는데, 그냥 내가 바닥에서 자겠다고 손들었다. 다들 정말 괜찮겠냐고 물었지만, 피곤한 탓인지 몇 번 물어보다가 바로 잠들었다.

나는 피곤하긴 했지만, 의외로 눈은 똘망똘망했다. 그래서 오늘 피드백 받았던 내용을 떠올려 보았다. 인물의 감정을 면밀히 보는 것. 요약하자면 그것이었다. 대본을 글자처럼 받아들이기보단, 머릿속에서 이미지화시키는 연습이 필요할 것 같다고 느졌다.

피드백과는 별개로 사람들과 떠들고 이야기한 것도 꽤 괜찮았다. 아라와도 많이 친해지고, 희솔이랑도 화해라고 하긴 애매하지만, 다시 전처럼 대할 수 있을 것 같았다. 채림 언니와는 이야기를 많이 못 나눠봐서 아쉬웠는데, 그래도 연습할 때 따로 봐주면서 많이 떠드니깐 아무렴 괜찮았다.

누군가 내 발을 스치고 간 것 같은 기분이 들어 눈을 슬며시 떴다. 어둡긴 했지만, 아무래도 아라인 듯했다. 화장실이라도 가는가 보다고 생각하고 잠을 자려고 했다.

20분 정도가 지났다. 기다릴 생각은 없었지만 10분 정도가 지났을 무렵에도 돌아오지 않아 졸리던 눈을 붙잡고 기다리고 있었다. 이 정도 시간이 지나도 안 오는 것이 이상해서 방 밖으로 나가보았다.

"뭐야. 왜 아직도 안 자?"

그건 내가 할 소리였다. 거실로 나가보니 아라가 옆에는 무드등을 두고서 담요를 뒤집어쓴 채 무언가를 보고 있었다.

"너 뭐해?"

"우리 연극 각본 수정하고 있었지."

아라가 오른손으로 종이 뭉치를 든 채 나를 향해 흔들었다. 팔랑거리는 종이의 양이 제법 돼 보였다.

"고생 많네……."

그렇게 말하고 아라의 옆에 슬그머니 앉았다. 아라는 자연스레 자신의 담요를 펼쳐 나한테까지 덮어주었다.

"근데 진짜 아직 안 자고 뭐 해?"

"사실 아까 너 나가는 거 봤는데 몇 분이 지나도 안 들어오길 래 걱정돼서 나와본 건데……."

"괜히 내가 깨운 거 아니야? 미안."

"아냐, 아냐. 나 사실 안 자고 있었어."

아라의 옆으로 깔린 종이가 꽤 많이 보였다. 내가 앉은 자리에도 몇 장이 굴러다니고 있었다. 이것도 나중에 치우고 정리해야 할 텐데. 그런 생각을 하며 내 옆에 있던 종이 하나를 집어 들었다.

"그거 이리 줘."

아라가 내가 집어 든 종이를 잽싸게 훔쳐 갔다. 하지만 난 이미 다 보고 말았다. 그 종이는 아까 아라가 연기하다가 그만둔 1번 대본 종이였다. 게다가 파란색, 빨간색 볼펜으로 무언가를 열심히 적은 것 같은 흔적이 있었다.

"아라야."

"왜……?"

"혹시 연기를 하고 싶은데 안 하는 거야?"

아라는 아무 말이 없었다. 굳은 동상처럼 온기는 온데간데없고 차가운 눈빛만이 남아있는 것처럼 보였다.

"어째 네 앞에서만 자꾸 이런 모습 보이는 것 같네……."

"응? 뭐라고?"

"아니야."

"뭐?"

"아니라고 그런 거. 연기하고 싶은 거 아니야."

분명 거짓말이었다. 딱 잘라 단정하기엔 저번에 봤던 모습도 그렇고 방금 본 대본 종이도 이상했다. 하지만 여기서 더 물어보기가 좀 그랬다. 본인이 저렇게 말하는데, 내가 무슨 수로 물어보겠어.

"그럼 넌 어떤데. 넌 연기가 하고 싶어서 하는 거야?"

아라가 되물었다. 나는 아라의 질문에 달리 할 말이 없었다. 하고 싶어서 시작했다고 하기보단, 엄마가 연극을 관뒀다는 이유에서 입단을 결심한 것이니깐. 하지만 지금은 어떻지? 연기를 하고 싶다는 말이 연기에 재미를 느끼는 범위에 해당하는 거라면 난 아라처럼 딱 잘라 부정하긴 힘들 것 같았다.

"너도 이렇게 물어보면 딱 잘라 말 못 하는구나. 어차피 현진이 때문에 들어왔다고 했으니 하고 싶은 건 아니려나."

"아니야. 난⋯⋯."

평소 아라답지 않은 말투였다. 쏘아붙이듯 통명스러운 태도. 약간 비뚤어진 것처럼 느껴질 법한 태도였다. 하지만 그런 모습을 보니 오히려 당당히 말해보고 싶었다.

"난 이제 겨우 기본이지만 연기에 재미를 느끼고 있어. 분명 매력적인 것 같애. 채림 언니가 가르쳐주는 팁들도 그렇고 대표님이 말하는 것들도. 그리고 희술이나 너도⋯⋯ 이렇게 각본 쓰는 거 보면 멋지다고 생각하고 있어."

아라가 아라답지 않았다면 방금 내 말도 나답지 않은 말이었다. 얼굴이 화끈거리는 기분이었다. 왜 이렇게까지 말했지.

"그래, 그렇구나⋯⋯ 다행이네."

"그러니깐, 너도 말해."

"뭘."

"너 분명 이상해. 평소랑 많이 다른 것 같아. 정말로 연기 안 하고 싶은 게 맞아……?"

아라는 내 물음에 말을 잇지 못했다. 실리콘 무드등을 만지 작거리며 한참 동안 입을 열지 않았다. 5분 정도가 지나니, 더 이상 말하고 싶은 마음이 없는 것 같다는 생각이 들었다. 그래 서 미안하다고 말하고 자리에서 일어나려던 참이었다.

"나도 해보고 싶어."

나는 그 말에 일어서려던 몸을 멈춰 세웠다.

"근데 내가 다 망쳐버렸어."

아라는 덤덤히 말을 이어갔다. 나는 쳐다보지도 않고, 실리콘 무드등을 손에 쥔 채, 마치 거기다 대고 말하는 것처럼 말을 이 어갔다. 이야기는 꽤 길었다.

아라는 길거리 캐스팅으로 이름 모를 작은 소속사에서 활동 한 적이 있다고 했다. 아이돌 같은 건 아니었고, 웹드라마나 영 화 단역, 엑스트라 정도로. 윗사람들 말로는 얼굴이 아이돌상은 아니고 배우상이라나. 그런 이유로 여기저기 스쳐 가는 조연이 나 엑스트라로 많이 출연했다고 그랬다.

문제는 어느 영화 촬영에서 발생했다. 아라가 처음으로 비중 있는 조연을 맡게 된 영화였다. 잘하고 싶은 마음이 강했고, 기 회를 잡아서 얼굴을 알리고 싶은 마음이 강했다고 했다. 하지만 영화감독은 업계에서도 깐깐하기로 유명한 사람이었다. 조금만 마음에 안 들면 컷하고 다시 촬영하는 것을 반복했다고 한다.

늘 짧은 촬영만 하다가 맡게 된 장시간 촬영이기도 했고 긴

시간, 여러모로 지쳤던 아라는 조금 긴장이 풀려 있었다고 한다. 그럴 때일수록 긴장을 꽉 잡아야 하는데.

어떤 물건을 홧김에 던지는 장면이 있었다고 했다. 감독은 세게 던질 필요 없이 살살하면 충분하다고 했고, 아라도 이를 숙지했었다. 하지만 너무 피곤했던 탓일까, 살살 던지면 그만인 물건을 저도 모르게 세게 던져버리고 말았다. 거기서 그치면 그만이었지만, 그게 튀어서 음향팀 인원 중 한 명의 머리에 제대로 맞았다고.

두피가 찢어져서 피가 꽤 많이 흘렀다고 한다. 119를 부르고 경황이 없던 와중에 감독은 아라에게 폭언을 퍼부으며 다른 배우로 교체하겠다고 소리쳤다. 너무나도 순식간에 벌어진 일이라서 아라는 세트장을 빠져나오고 찬바람이 얼굴에 닿고 나서야 모든 걸 망쳐버렸다는 사실을 깨달았다고 한다.

물론 처음부터 연기에 대단한 열망이 있던 건 아니었다고 했다. 고작 길거리 캐스팅이 시작이었으니깐. 하지만 촬영장에 익숙해지고, 그 환경에 녹아들다 보니 배우로서 사람들에게 얼굴을 새겨보고 싶다는 마음이 생겼다고 한다.

"그래서 열심히 했는데…… 열심히 한다고 되는 건 아니더라고. 잘하는 게 중요하지. 그리고 이젠 연기를 하기가 무서워. 하려고 할 때마다 나한테 욕을 퍼부었던 감독의 얼굴 그리고 머리를 잡고 쓰러져 있던 음향팀 사람이 생각나서……."

"그래도 담장이에 들어왔잖아."

아라는 내 말에 고개를 푹 숙였다. 담요가 어깨 아래로 스르르 내려가려는 걸 내가 잡아 올렸다. 아라는 고개를 숙인 채로 다시 입을 열었다.

"담장이는…… 정말 괜찮은 곳이야. 대표님이 연기건 연출이
건 해보고 싶은 사람들은 마음껏 펼칠 수 있게 해주잖아."

나는 아무 말 없이 고개만 끄덕였다. 나도 정말 좋은 곳이라
생각하고 있다. 연기건 연출이건 이런 것들에 대한 자그마한 소
망이 있는 사람이라면 누구나 도전해 보기 좋은 곳.

"대표님은 내 얘기를 듣고 다르게 생각해 보는 것도 좋다고
하셨어."

아라가 숙였던 고개를 치켜들었다. 그리곤 날 쳐다보았다.

"꼭 연기가 아니어도 된다. 연극, 드라마, 영화. 그 자체를 만
드는 활동을 좋아하는 거라면 연출로 해봐도 되지 않냐고 말이
야."

"그래서 연출을 맡은 거야?"

"응."

아라의 말에서 대표님이 담장이를 만든 이유를 조금이나마
알 것 같았다. 연기, 연출 그리고 연극을 하고 싶은 사람들이 찬
바람을 맞지 않는 든든한 담이 되어주기 위해서. 그것을 위해서
담장이를 만든 게 아닐까. 담 안에 있는 우리가 좀 더 자유롭게
연극을 할 수 있도록.

"하지만 연출이 싫었던 적은 단 한 번도 없어. 난 이제 이곳
의 연출로서 연극을 완성해 나가는 게 즐거워. 만약 내가 좀 더
자신감이 생긴다면, 그땐 연기를 해볼 수 있을지도 모르지."

아라는 배시시 웃어 보이며 자리에서 일어났다. 시계를 보니
어느새 새벽 2시가 넘어가 있었다.

"이제 자러 가자. 너무 늦었어."

아라는 담요를 어깨에 두른 채 방문을 가리키고 있었다. 한 손엔 무드등을, 다른 한 손엔 종이를 한 무더기 들고 있는 모양새가 좀 웃겼다. 하지만 방금 들었던 이야기 탓인지 저런 모습도 응원해 주고 싶다는 마음이 들었다.

"응원할게."

"뭘?"

"네 연기 말이야. 꼭 보고 싶어."

내 말을 들은 아라는 웃으며 방 안으로 들어갔다. 나도 누가 깰까 싶어 조심히 따라 들어갔다. 그렇게 아라와 나눴던 깊은 밤은 끝이 났다.

다음 날, 퇴실 시간에 맞추어 쓰레기들을 치우고 정리했다. 그리고 숙소 입구에서 각자 방향으로 헤어졌다. 아라와도 인사했다. 조심히 들어가라고. 그렇게 인사하고 우린 헤어졌다.

오디션

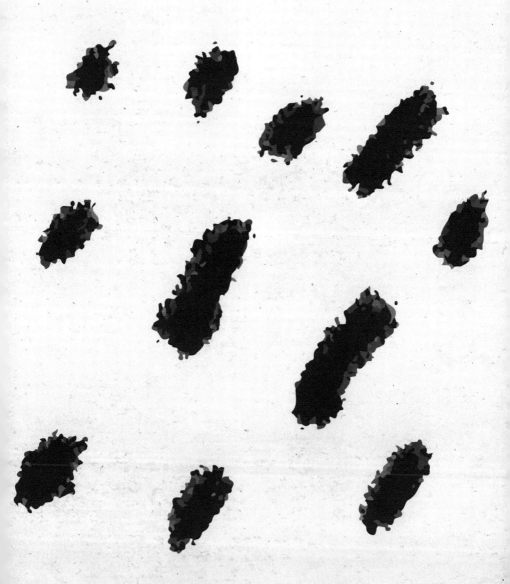

08

각본이 드디어 완성됐다고 한다. 담장이 공지방에서 아라와 희솔이가 고생했다며 서로를 격려하고 있었다. 다들 고생 많았다고 한마디씩 얹길래 나도, 고생 많았어. 라고 짧게 보내주었다. 둘 다 엄청 열심히 작업하던데, 학기 중에 저렇게 한다는 게 참 대단하다고 느꼈다. 그나마 다행인 건 이제 종강이 다가온다는 사실이었다. 방학이 되면 좀 더 편하겠지. 시간적으로든, 심적으로든.

난 오늘부로 종강이었다. 드디어 졸업이었다. 실감이 나지 않긴 했지만, 불안한 마음은 있었다. 그래도 되는대로 취업 준비도 하고, 연극 연습도 하다 보면 괜찮지 않을까.

"일단 오늘은 평소 하던 대로 기본 연습하고, 완성된 각본 보고 다음 주부터 배역 오디션 시작할게요."

아라가 각본 뭉치를 들고 와서 말했다. 캡모자에 종이를 돌돌 말아 손에 쥐고 있으니깐, 꼭 감독처럼 보였다.

"재밌겠다. 그치?"

"어? 으응……."

현진이가 내 쪽으로 고개를 돌렸다.

"시험 보느라 밤샜어? 되게 피곤해 보여."

"그런 건 아닌데……."

조금 혼란스러운 기분이었다. 그래서 표정이 멍했나. 졸업, 엄마, 연극. 이 세 가지 키워드가 머릿속을 마구 돌아다니니깐, 어지러웠던 것 같다.

"졸업이 좀 실감이 안 나서."

"뭐, 그렇긴 하겠다."

오늘은 돌아가면서 각본을 하나씩 챙겨가라고 했다. 스테이플러로 간신히 집을 두께였다. 생각보다 좀 두꺼웠다. 얼핏 봤을 땐, 장이 구분되어 있어서 두께가 좀 늘어난 듯 보였다.

나는 혹시 필요할까 싶어서 가져온 가방에 각본을 집어넣었다. 구겨질까 조심하며 가방 지퍼를 잠그고 희솔이가 나올 때까지 기다렸다. 희솔이는 나머지 사람들이 각본을 다 챙겨가는 걸 보고서야 회의실에서 나왔다.

"우린 이쪽이라, 다음에 보자."

"응, 조심히 들어가!"

아라와 우린 서로 반대 방향이었다. 손을 높게 흔들고 종종 걸음으로 멀어지는 아라를 보니, 여전히 아라답구나 싶었다. 저번 워크숍 때 들었던 이야기가 마음에 조금 걸렸는데, 역시 씩씩한 성격은 어디 가지 않은 것 같았다.

"진짜 고생 많았겠다. 이걸 다 쓰려면……."

나는 말끝을 흐릴 수밖에 없었다. 이걸 다 쓰려면 얼마만큼의 노력이 들어가야 할지 가늠되지 않았다. 난 쓰라고 해도 못 쓸 것 같은데.

"나보단 아라가 고생 많았지. 난 옆에서 보조한 정도?"

"그래도 너도 대단한 것 같애."

"됐어. 낯 간지럽게 무슨 칭찬이야."

난 저번 일 이후로 희솔이한테 표현을 더 많이 하려고 노력하고 있다. 희솔이도 싫은 건 아닌지, 무슨 칭찬이냐고 손사래 치는 얼굴이 발그레 물들어있었다.

"넌 혹시 해보고 싶은 역할 있어?"

"음…… 아, 그거랑 별개로 한 가지 궁금한 게 있는데."

"뭔데?"

"배역은 연기 실력으로 정하는 거야, 이미지로 정하는 거야?"

이건 개인적으로 궁금한 사항이었다. 기왕 둘 다 맞아떨어지면 좋겠지만, 그러긴 쉽지 않을 테니 뭘 더 우선 하는지 궁금했다.

"어느 하나가 더 먼저라고 말하기 좀 애매해. 일단 평가 기준이 따로 있어서 그거대로 하는 거지."

"그렇구나."

"왜, 문영? 기대하던 답변이 아니야?"

희솔이가 옅은 미소를 띤 채로 고개를 들이밀었다.

"아니······! 그냥."

조금 아쉬운 답변이긴 했지만, 나한테만 평가 기준을 따로 알려줄 수도 없는 노릇이고, 나도 그러려니 하고 넘기려 했다.

"넌 저번에 대표님이 말했던 대로만 해도 금방 늘 것 같아."

"아, 그······."

대표님이 나보고 연기하는 로봇 같다며, 좀 더 맥락과 감정을 면밀히 살펴보라고 했던 충고. 워크숍이 끝나고 그걸 염두에 두고 계속 연습 중이긴 했다. 채림 언니가 더 늘었다는 칭찬을 딱히 하진 않았지만, 그래도 나 스스로는 괜찮아지고 있다고 느끼고 있었다.

"나도 각본 작업하면서 너 연습하는 거 조금씩 봤는데, 처음치곤 되게 괜찮았어. 근데 왜 이런 감정이 나왔는지를 파악 못 한 느낌? 그런 느낌이 계속 들더라고."

희솔이도 본 거구나. 갑자기 부끄러운 기분이 확 올라왔다. 요새 채림 언니한테 배우고, 연습할 땐 좀 기세등등하게 했던 것 같은데. 혹시 이것도 눈치챈 거 아니야?

"우리가 보통 이렇게 대화하다가 갑자기 화를 내진 않잖아. 분명 이유가 있어야 화를 내지."

희솔이가 검지로 나랑 자기를 한 번씩 가리켰다. 나는 맞는 말인 거 같아 고개를 두 번 끄덕였다.

"그 이유를 생각해 보는 게 중요할 것 같아. 화를 내면 뭣 때문에 화를 내는지. 슬프면 왜 슬픈지."

연영과 학생의 충고라서 그런지 더 가슴에 와닿았다. 희솔이는 자기 명치를 가리키며 마음을 파악하는 게 제일 중요하다고, 그렇게 말하고 있었다.

마음을 파악하는 건 좀처럼 쉽지 않았다. 물론 희솔이가 말한 건, 연극에서 이야기가 진행되는 와중에 인물이 느낄 감정을 생각해 보라는 얘기겠지만, 난 이상하게 내 마음부터 걸렸다. 요즘 들어, 내 상태가 어떤지 도통 모르겠던 순간들이 많았다. 좋은 것 같은데, 좋지 않고. 싫은 것 같은데, 싫지 않은 이상한 상태가 몇 번 있었다. 이 모든 현상의 원인은 아무래도 엄마와의 만남 때문인 것 같았다. 나는 엄마를 용서하고 싶은 걸까. 왜?

버스를 타고 돌아가는 길엔 눈이 흩날렸다. 엄청 짙게는 아니고, 내릴 듯 말 듯 연하게.

기숙사로 돌아와서 각본을 조심히 꺼내 보았다. 재밌는 부분도 있었고, 조금 슬픈 부분도 있었다. 정말 노력 많이 했구나. 그런 게 느껴지는 각본이었다.

나는 처음부터 주인공을 할 생각은 없었다. 당연히 무리이기도 하고, 애초에 주인공을 할 만큼 내 연기가 물올랐다고 생각하지도 않았다. 그럼 내가 맡을 배역은 몇 가지로 좁혀진다. 당연히 주연 두 명은 힘들고, 조연에서 시도해 볼 만한 배역.

릴리라는 배역이 눈에 띄었다. 등장 횟수도 적당하고, 내 나름의 판단으로 보았을 땐 해볼 만하다고 느껴지는 배역. 특이한 점은 등장 횟수가 많지 않음에도 주인공과의 관계가 깊다는 것

이었다. 이러면 관객들에게 몰입될까, 싶은 생각이었지만 릴리
의 대사는 하나하나 무겁고, 아름다운 것들이 많았다.

그중 마음에 드는 건 이거였다.

"카르멘을 사랑하시나요?"

이 대사는 뭐랄까, 릴리의 마음을 괴롭히는 것 같았다. 주인
공 라파엘라에게 묻는 대사지만, 릴리 본인에게도 묻는 것 같달
까. 친구인 카르멘을 사랑하는 라파엘라. 그리고 그런 라파엘라
의 곁을 오래도록 지켜 온 릴리. 릴리와 라파엘라의 사이는 사
랑이라고 말하기에는 애매하고, 우정이라고 말하긴 아쉬운, 그
런 동업자였다.

나는 릴리를 도전해 보자고 마음먹었다. 분량도 그렇고, 처음
인 내가 도전하기에 괜찮을 것 같았다. 그런 게 아니더라도 릴
리의 대사나 행동이 마음에 드는 것들이 많아서 해보고 싶다고
느꼈다. 내 분위기랑은 좀 안 맞으려나, 하는 걱정도 조금 있었
지만, 어차피 릴리가 아닌 다른 배역도 딱히 나랑 맞다고 할 만
한 것은 없었다.

옷을 편하게 갈아입고 계속 연습에 임했던 것 같다. 기숙사
가 방음이 좋진 않아서 옆 방에 들릴까 무서웠다. 그래서 목소
리도 작게, 걸음도 사뿐사뿐 움직이긴 했지만, 혼자 연습하는
것도 꽤 재밌었다.

방안은 좀 추웠지만, 선 채로 얼굴에 힘을 주었다가 풀고, 팔
을 들었다가 내리고를 반복하니 금방 열이 올랐다. 평소라면 좀
자유롭게 움직이며 했을 텐데 방음을 신경 쓰며 하다 보니 몸에

더 힘이 들어갔다. 꼭 모래주머니라도 차고 운동하는 것처럼 평소보다 더 진이 빠졌다.

릴리의 대사는 전체 각본 중에 반의반도 채 되지 않았다. 그래서 대사를 외우기는 어렵지 않았다. 게다가 대사들이 일상적인 느낌보다는 부드러운 선율을 듣는 것 같은 느낌이 강해서 더 기억에 잘 남았다.

한 가지 걸리는 건, 마지막 장면이었다. 살기 위해 라파엘라를 두고 도망가는 장면인데, 라파엘라는 도망간 릴리를 이해한다. 그리고 돌아온 릴리를 용서한다.

릴리는 방관자였다. 라파엘라가 카르멘과 희희낙락하느라 조직원들이 수군거릴 때, 릴리는 비서로서 아무 행동도 취하지 않았다. 조직원들 사이에서 안 좋게 보는 시선이 붉어지면 카르멘과 라파엘라의 사이가 멀어질 거라고 생각했을까. 이 부분에 대해선 그 어떤 묘사나 서술도 없이 릴리의 태도로만 보여주고 있었다. 릴리가 라파엘라를 사랑한 건지 어땠는진 몰라도, 가벼운 감정은 아니었음을 느낄 수 있었다.

그런데 라파엘라는 이런 릴리를 용서해 줬다. 안 좋은 애기가 붉어지게 놔두고, 조직원들이 들이닥치기 전날 밤, 불현듯 비서 일을 관뒀음에도. 라파엘라도 카르멘의 영향으로 점점 선하게 바뀌긴 하지만, 그래도 릴리가 자신을 배신했다는 생각이 들 법도 한데 말이다.

나는 연습을 하면 할수록 릴리와 라파엘라의 마음이 이해가 가지 않았다. 오히려 대사만 입에 붙어서 감정 없이 말만 내뱉

144

는 느낌. 입이 계속 말라가서 나중엔 아예 통을 두고 물을 마셨다.

릴리는 신비주의적인 구석이 있는 인물 같았다. 단지 나만의 해석일 수도 있지만, 릴리가 뱉는 대사나 행동들을 봐도 속마음이 어떤지를 알아차리기 힘들었다. 희솔이가 마음을 알아차리는 게 중요하댔는데. 연습하면 할수록 내가 연기하는 릴리가 정말 괜찮은지 의문이 들었다.

*

나리가 덜덜 떨렸다. 무슨 추운 바람 앞에 서 있는 것처럼 쉬지 않고 떨었다. 손끝 발끝은 차가운데 심장은 엄청나게 뛰는 기분이었다. 옆에 앉은 현진이도 마찬가지였는지 초콜릿을 뜯어서 몇 개째 입에 넣고 있었다.

"긴장돼?"

"응. 조금……."

채림 언니가 고개를 갸웃거리며 물었다. 아무래도 내가 몸을 가만두지 못해서 그런가 보다.

"언니는 긴장 안 돼?"

"너희가 내 몫만큼 떨어서 그런지 별로 긴장이 안 되네."

언니가 웃으며 말했다. 나야 그렇다 치는데 현진이는 이번이 두 번째인데도 떨리나 보다. 역시 이런 엄숙한 분위기는 사람을 긴장되게 만드는 무언가가 있는 것 같다.

"라파엘라 맡으실 분, 들어와 주세요."

희솔이가 문을 열고 슬그머니 말했다. 현진이는 벌떡 일어나 문을 열고 들어갔다. 나는 숨을 크게 내뱉으며 마음속으로 10까지 세었다. 현진이가 시작하기까지 걸릴 시간. 어림잡아 10초.

벽 너머로 말소리가 들리기 시작했다. 귀를 벽에 바싹 붙여 들어볼까, 했지만 내가 할 연기나 복기해보자고 생각하며 잠자코 앉았다.

그리고 15분 정도가 지났나, 현진이가 진이 다 빠진 얼굴로 나왔다. 다음은 카르멘이었다. 채림 언니가 당당한 얼굴로 들어갔다. 저 언니는 경력이 꽤 되는 사람이니깐, 잘하겠지. 긴장하는 거 없이 말이다.

5분 정도가 지나고 언니가 나왔다. 언니는 생각보다 얼마 안 걸렸네. 잘해서 금방 결론이 난 걸까?

"릴리 하실 분. 들어와 주세요."

희솔이의 목소리가 안에서 들려왔다. 드디어 내 차례. 생각해 보면 아무도 배역이 안 겹쳐서 다행이다 싶었다. 내가 준비한 게 릴리뿐이었는데, 만약 다른 사람이 릴리를 더 잘 준비해 온다면 낭패였다. 하지만 라파엘라는 남자라서 현진이가, 카르멘은 채림 언니가 맡음으로 딱 맞아떨어지게 되었다.

"시작해 주시죠."

아라와 희솔이 그리고 대표님이 앉아있었다. 세 명이나 앉아 있으니깐, 꼭 면접장에 들어 온 기분이었다.

숨을 크게 들이쉬었다가 내뱉고 침을 꿀꺽 삼켰다. 연습하던 대로만 하자. 마음속으로 3초를 세고 대사를 시작했다.

"라파엘라. 오늘은 어떠셨나요?"

*

"이상입니다."

연기가 끝난 뒤 내 손은 미세하게 떨리고 있었다. 대사를 쉼 없이 뱉어서 그런지 호흡도 가빠진 상태였다.

"되게 연습 많이 했네. 괜찮아, 문영아!"

아라가 내게 엄지를 치켜세웠다. 고마워. 라고 말하고 싶었지 만, 섣불리 말하진 말아야겠다는 생각이 들었다. 아직 희솔이와 대표님이 입을 열지 않았다.

"괜찮긴 한데……"

희솔이가 입을 열었다. 나는 괜히 긴장돼 침을 삼켰다.

"릴리는 라파엘라에게 가족 같은 존재야. 이걸 등장이 적은 데도 관객한테 각인시키려면 좀 더 그런 쪽으로 연기해야 해."

가족? 이건 예상하지 못했다. 연인, 애틋한 사랑. 그쯤으로 생각하고 있었는데, 다른 형태의 사랑이었구나. 그런데 갑자기 의문이 들었다. 가족 같은 관계라면서 왜 조직원들 사이의 소문 이 불거지도록 놔둔 걸까.

"가족 같은 관계인데 릴리는 왜 소문이 커지도록 놔둔 거야. 라파엘라가 카르멘에게 호감 느끼는 걸 마음에 안 들어 한 거 아니야?"

이런 게 해석의 차이일까. 엄마도 자기가 생각하는 배역의 마음과 배우가 생각하는 배역의 마음이 달라서 애를 먹었다고 했었는데. 그 얘기에 공감이 생길 것 같던 순간이었다.

"조직원들 사이에서 말이 나오면 라파엘라가 알아서 관둘 줄
알고 놔둔 거지. 그게 아니더라도 개인의 선택을 비서인 릴리가
대신 변명하고 다니는 것도 좀 이상하고."

나는 그렇구나, 하고 고개를 끄덕였다. 납득이 안 가는 이유
는 아니었다. 하지만 정말 그게 전부일까? 어떤 사적인 감정도
없었는지에 대한 논쟁은 내 머릿속에서 여전히 진행 중이었다.

"릴리도 이 정도면 충분한 것 같네. 문영 씨, 수고했어요."

대표님은 고생했다며 이제 가봐도 좋다고 말했다. 오늘 모임
은 오디션으로 대신한다고, 조심히 들어가라며 배웅해 줬다.

결국 릴리를 맡게 되는구나. 어안이 벙벙한 기분이었다. 내
짧은 복수심에서 시작된 극단 생활이 이젠 정말 형태를 갖추어
가는 것 같았다. 뿌듯함인지 모를 감정이 조금씩, 아주 조금씩
차오르는 것 같았다. 연극 해보길 잘했어. 입가에선 미소가 흘
러나왔다.

09

가출

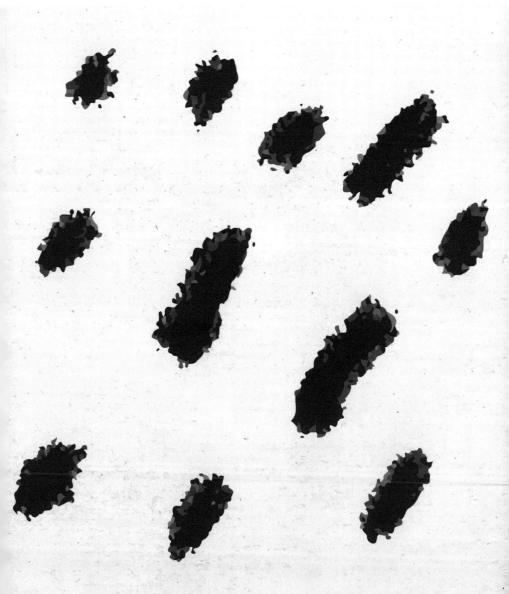

09

본격적으로 일주일에 세 번씩은 나와서 연습하기 시작했다. 우선 처음은 대본 리딩이었는데, 앉아서 대사만 줄줄 읽다 보니 무조건 옆에 물을 두어야 했다. 내 목소리 톤을 최대한 배역의 느낌을 살릴 수 있는 방향으로 잡고, 나중엔 표정 묘사까지 섞어가며 대사를 주고받았다.

"왜, 뭐가 잘 안돼?"

"아니, 좀 잘 모르겠어서……."

내가 쉬는 시간에 골머리 앓는 표정을 하고 있으면, 현진이가 와서 뭐가 문제냐고 물었다. 내가 이렇게 고민하는 건 릴리가 도대체 무슨 생각인지 이해가 안 가서 이렇달까.

"릴리는 라파엘라를 사랑한 거 아닐까?"

"릴리랑 라파엘라는 가족 같은 관계랬잖아. 굳이 사랑이라고 하면 가족 간의 사랑 같은 거겠지."

난 도무지 이해되지 않았다. 가족 같은 사랑이라 하면, 좀 더 헌신적인, 그런 사랑밖에 생각나지 않아서 그런가. 하지만 릴리의 마지막 행동은 사랑도 뭣도 아닌 것 같았다. 가족 같은 관계인데 왜 라파엘라를 버리고 갔는지.

"릴리는 꿈이 있잖아. 꿈 때문에 어떻게든 살아야 해서 그런 선택을 한 거 아닐까?"

꿈? 고작 꿈 때문에 가족을 버리고 간다고? 어딘가에서 울화가 치밀어 오를 것 같았다. 가족은 그러면 안 되는 거 아니야? 나는 제멋대로 생각했다.

"꿈 때문에 그러는 건 아무리 생각해도 이해가 안 가."

"지금은 너무 한 면으로만 캐릭터를 해석하고 있는 것 같아요. 나쁘게만 보지 말고 왜 그런 선택을 했는지 차분히 생각해 보는 건 어때요?"

대표님이 우리 사이에 끼어들었다. 난 좀 억울했다. 몇 날 며칠을 고민하면서 릴리에 대해 생각하고, 또 내가 너무 한쪽으로 치우쳐서 보는 건 아닐지 고민했는데. 다른 사람 눈엔 그저 릴리를 이해 못 하는 사람으로밖에 안 보였으려나.

"문영 씨가 이상하다는 건 아니에요. 이런 생각의 차이는 늘 있었어요. 그냥 좀 더 넓게 생각해 봐라, 이런 말이에요."

대표님은 머리를 좀 식히라며 초콜릿을 건넸다. 나는 그걸 받아 들고 바로 뜯진 않은 채, 몇 번을 매만졌다. 포장지 비닐이 일그러지는 소리가 내 귓가를 채웠다. 초콜릿은 참 까맣네. 참 달콤하고. 내 고민과 감정을 이 초콜릿 하나만으로 녹여 내려갈 수 있다면 얼마나 좋을까.

*

엄마가 예약 날짜가 정해졌다며 문자를 보냈다. 정해진 날짜
는 1월 초였다. 생각보다 금방이라 좀 당황스러웠다. 아마 가게
되면, 연습 하루 정도는 빠지게 될 것 같은데. 아직 연습 초반이
니까 괜찮으려나 싶었다. 이거랑은 별개로, 여행을 가서가 문제
였다. 공항에서 만나고부터 제주도에 도착하기까지. 그리고 돌
아다니는 동안 대체 무슨 얘기를 하지?

'엄마랑 이야기할 만한 주제' 이렇게 검색한다고 무언가 나
오진 않았다. 머리를 부여잡고 고민해 봐도 엄마와 물 흐르듯이
떠드는 그림이 그려지지 않았다. 저번에 아영이는 잘만 떠들었
던 것 같은데. 고깃집이었나? 입구 멀리서부터 엄마랑 시시덕
거리며 걸어오던 모습이 선명하게 남아있었다. 편하게 대하던
모습이 지금 생각해 보니 너무 부러웠다.

*

릴리의 연기 톤을 맞추는 것. 그리고 엄마와의 여행. 이 두 개
때문에 머리가 아팠다. 어떻게 해야 릴리를 더 잘 연기하고, 어
떻게 해야 엄마를 덜 어색하게 대할 수 있을까. 둘 중 하나를 피
할 수만 있다면 여행을 피하고 싶은데. 예약까지 끝난 마당에
이제 와서 안 간다고 말할 수도 없는 노릇이었다.

"저 다음 주 수요일은 연습 못 나올 것 같아요."

"어? 왜요?"

"아, 그게……."

누가 들으려나 싶어 한 손을 입가에 대고 소곤소곤 말했다. 가족여행이라고. 그런데 대표님은.

"가족여행? 괜찮아요. 다녀와요. 이제 연습 초반인데요. 문영 씨 연기도 어느 정도 안정적이고. 재밌게 다녀와요."

대표님은 싱긋 웃어 보이며 내가 소곤소곤 말한 의미를 없애 버리셨다. 그렇게 남들 다 들으라고 작게 말한 게 아닌데요. 난 곤란한 표정을 지어 보였지만, 가족여행이라는 말에 다들 어디로 가냐고 물어보기 시작했다. 그래서 제주도라고, 초조해하듯이 말했다.

"제주도, 아버님이랑 가는 거야?"

"아니이……."

희솔이가 분명 물어볼 것 같았다. 이렇게 모임이 끝나고 단둘이 남아있으면 안 물어볼 리가 없었다.

"어? 그럼……."

"엄마랑 가게 됐어."

"아."

희솔이는 더 물어보려 하지 않았다. 배려겠지. 하지만 난 입이 근질근질했다. 당장 다음 주에 엄마랑 같이 여행을 간다는 사실로부터 어떻게든 도망치고 싶어설까. 어떻게 하면 좋을지 마구 털어놓고 싶었다. 희솔이가 내 상황을 공감해 주길 바랐다.

"사실 몇 달 전부터 연락이 와서 만났었거든. 그리고 다음 주에 여행도 가기로 했고."

"그럼 다시 돌아오신, 아. 이게 아닌가."

아무래도 희솔이는 뭐라고 말해야 할지 모르겠는 표정이었다. 함부로 입을 열기 조심스러운 부분이긴 했다.

"재혼은 아니야. 그냥 일방적으로 엄마한테서 연락이 왔어."

"그랬구나."

지금 희솔이는 내 얘기를 어떻게 받아들이고 있을까. 예전에 이 정거장, 이 자리에서 나보고 단 한 번이라도 진심으로 말한 적이 있냐고 눈물을 보였던 것 같은데. 이젠 나 스스로 술술 이야기를 꺼내고 있었다. 좀 신기하면서도, 그만큼 다음 주 여행을 초조하게 느끼고 있었다.

"근데, 사실 좀 어색해서 가서 무슨 얘기를 해야 할지 모르겠어."

나도 모르게 헛웃음을 지었다. 어색하면 안 간다고 했어야지. 갑자기 그런 생각이 들어서 어이가 없던 것 같다.

"그래도 막상 가면 괜찮지 않을까?"

"그럴까?"

"나름 여행인데. 그래도 재밌을 것 같은데."

희솔이가 부럽다는 듯이 쳐다보았다. 내가 기대하던 반응이랑은 좀 달라서 당황스러웠다. 여행가는 게 부러운 거야? 그렇게 물어보고 싶었지만, 괜히 시비처럼 들릴까 봐 말을 아꼈다.

"근데, 문영. 많이 달라진 거 같아."

"응?"

"평소라면 이런 얘기도 안 했을 텐데. 먼저 털어놓고."

"네가 저번에 그렇게 말해서……."

나는 쑥스러워서 고개를 돌렸다. 괜히 싸웠던 순간을 말하자니, 얼굴이 화끈거렸다.

"크흠. 그랬지. 어쨌건 지금이 좋아. 어머님이랑도 너무 어색해할 건 없을 것 같아. 서로 싫어하는 건 아니잖아?"

나는 그 말에 목에 가시라도 걸린 것처럼 기침이 나왔다. 싫어하는 건 아니었나? 잘 모르겠다. 막 좋다고 말할 정도는 아닌데, 막 싫다고 말할 정도도 아니었다.

먼저 버스에 오르는 희솔이를 보며 생각에 잠겼다. 문득 마음을 파악하는 게 중요하다는 얘기가 떠올랐다. 이상하게도 릴리와 엄마가 겹쳐 보이기 시작했다. 가족 같은 사람을 두고 도망갔다는 점이 눈에 걸렸나. 내가 릴리를 이해 못 했던 건, 엄마를 이해하지 못했기 때문일지도 모른다는 생각이 들었다. 그럼, 이해를 못 했으니깐, 싫었나? 첫 만남엔 어땠지. 난 엄마를 밀어내지 않았다. 아니, 밀어내지 못했던 걸지도 모르겠다. 하지만 불편하긴 불편했다. 그런데도 왜 꾸역꾸역 만나자고 하면 만나러 가는 걸까. 내가 대단한 성인(聖人)처럼 보이고 싶어서?

꼬리에 꼬리를 물어 스스로 질문을 던졌지만, 해답은 나오지 않았다. 이렇게 물어보는 게, 꼭 채림 언니 같다는 생각이 들었다. 하지만 언니는 해답을 찾았지. 좀 더 포용하는 태도로 다른 사람의 사정을 이해하고 넘기기로 했다고. 나도 그렇게 하면 될까. 포용하면 끝일까.

*

한 해의 마지막 날엔 기분이 묘하다. 벌써 또 일 년이 지났구나 싶은 기분. 올해는 특히 하반기가 참 기억에 남았다. 담장이에 들어가고, 연기도 배우고. 너무 일이 많아서 하나하나 다 나열하기 힘들었다. 그래도 담장이는 나다운 것에서 벗어난 첫 도전이었다. 그만큼 나도 많이 변한 것 같다. 표정이 밝아졌다는 얘기도 들었고, 연기를 하는 게 조금은 즐겁기 시작했다.

그런 감상에 잠겨있던 때였다. 핸드폰이 울려서 확인해 보니 희솔이었다. 새해 카운트다운 같이하자는 전화인가.

"무슨 일이야?"

"저기, 문영. 정말 미안한데. 네 기숙사에서 하루만 재워주면 안 될까?"

희솔이는 전혀 예기치 못한 소식을 들고 왔다.

"가출은 대체 왜 한 거야?"

희솔이는 들어올 때부터 발발 떨고 있었다. 기숙사가 원칙적으론 외부인 출입 금지였지만, 하루 정도는 몰래 재워도 괜찮다고 생각해서 들여보내 주었다.

"그냥, 좀. 그런 일이 있었어."

어물쩍 넘기는 모습에 굳이 더 캐묻진 않았다. 옷도 되게 얇게 입고 와선, 코를 훌쩍이는 모습이 희솔이 답지 않았다. 평소

156

엔 되게 잘 차려입고 다니면서.

"근데 너 2인실 아니야?"

"2인실 맞아. 근데 룸메가 없어서 혼자 쓰고 있어."

"오, 그건 되게 좋네."

엘리베이터에서 나눈 대화는 복도에 들어오면서 잠잠해졌
다. 괜히 시끄럽게 떠들며 갔다간 신고라도 들어올 것 같았다.

"일단 따뜻한 물로 좀 씻어. 추워 보여."

"응, 고마워."

수건을 건네받은 희솔이는 곧바로 화장실로 들어갔다. 나는
갑자기 들이닥친 상황에 바람 빠진 풍선처럼 털썩 의자에 앉았
다. 샤워기 물 흐르는 소리가 방안 정적을 가득 채웠다.

"너히 학교 기숙사 되게 깔끔하다. 네가 청소를 잘한 건가?"

희솔이가 농담하듯 머리를 털며 나왔다. 나는 대체 이게 무
슨 상황인지 묻고 싶었지만, 일단 좀 차분히 앉고 나서 물어봐
야겠다고 마음먹었다.

"난 네가 새해 카운트다운 같이하자고 연락한 줄 알았어."

"아…… 카운트다운? 지금 몇 시지? 여기서 같이 하면 돼
지."

그런 의미로 한 말이 아닌데. 자꾸 아무렇지 않은 척하고 있
는 게 마음에 걸렸다.

"괜찮아. 피곤할 텐데, 자자. 이불은 따로 더 없어서 침대에
서 같이 자야 해."

"어…… 난 괜찮아."

내가 딱 잘라 말하니깐, 희솔이도 당황한 기색이 역력했다.

희솔이는 머리만 잠깐 말리겠다 하고선 드라이기를 꺼내었다. 나는 이불을 손으로 쓸며 혹시 있을 먼지나 머리카락을 털어냈다.

"이렇게 갑자기 받아줘서 고마워."

"아니야."

나도, 희솔이도 천장을 바라본 채 나란히 누워있었다. 불은 꺼놔서 어두웠지만, 창문으로 들어오는 불빛 덕에 방 안이 아예 안 보이진 않았다.

"새해를 이렇게 맞이할 줄은 몰랐네."

희솔이가 헛웃음을 지으며 말했다. 나도 마찬가지였다. 이렇게 갑자기 희솔이가 찾아올 줄은 꿈에도 몰랐다.

"새해 복 많이 받아."

"응, 너도."

희솔이는 잠이 안 오는 건지, 조용해지는 게 싫은 건지 계속 입을 열었다. 지금 희솔이 기분이 나한테 새해 복 많이 받으라고 말할 기분은 아닌 것 같은데. 불현듯 마음을 파악하라던 희솔이 말이 생각나 나도 모르게 입을 열었다.

"혹시 부모님이랑 싸운 거야?"

희솔이는 잠깐 조용하더니 짧게 응. 이라고만 답했다. 나란히 누워있어서 표정이 어땠는지는 못 봤지만, 목소리만 들었을 땐 별로 좋은 기분은 아닌 것 같았다.

"하……."

갑자기 한숨을 푹 내쉬었다. 그리고 양손을 자기 얼굴에 가져다 대었다.

"연극을 하고 싶어 하는 게. 그렇게 큰 잘못이야?"

목소리가 울음에 잠겨있었다. 울릴 생각으로 물어본 건 아니었는데, 당황스러워서 나는 어쩔 줄 몰라 했다.

"다 큰 딸 그렇게 쥐어 잡을 만큼 큰 잘못이냐고…….."

난 잠자코 하소연을 듣고 있었다. 뭐라 말을 끼얹기에는 희솔이의 상태가 좋아 보이지 않았다.

"문영아."

"응?"

갑자기 날 불러서 화들짝 놀랐다.

"진짜 미안한 질문이지만, 넌 너희 어머니를 사랑해?"

"뭐?"

"너희 어머니를 사랑하냐고…….."

희솔이가 일어나 앉았다. 고개를 푹 숙인 채로 물어보는데, 어두워서 실루엣만 보이니깐 좀 무서웠다.

하지만 무서운 것과 별개로 저런 질문을 던지는 희솔이의 상태가 너무 혼란스러워 보였다. 내 사정을 뻔히 알면서, 저런 질문을 한다는 건 희솔이답지 않았다.

"그렇게 말하지 말고…… 무슨 일인데."

나는 올라올 것 같은 분노를 가라앉히고 희솔이를 생각했다.

"미안. 미안해. 그냥 난 도저히 가족이라는 틀을 사랑하지 못하겠어…….."

무슨 말을 해줘야 할지 당최 감이 잡히지 않았다. 희솔이가 이렇게까지 얘기하는 건 처음이라 당혹스러울 뿐이었다.

"릴리가 왜 가족 같은 라파엘라를 버리고 도망갔는지 이해가 안 된다고 했지."

"어? 응."

갑자기 각본 얘기에 놀랐지만, 나는 잠자코 답했다.

"사실 아라도 비슷한 얘기를 했어. 근데 내가 이 이유, 저 이유 가져다 붙이면서 그렇게 스토리를 쓰자고 했어."

"왜……?"

"그냥 그러고 싶었어. 오늘 다시 느낀 거지만, 가족이라고 꼭 소중할 필요는 없다고 생각했어. 어차피 릴리랑 라파엘라는 진짜 가족도 아니고."

나는 그 말에 반박하고 싶은 것들이 턱 끝까지 차올랐지만 참았다. 괜히 얘기를 꺼냈다간 다툴 것 같은 기분이 들었다.

"미안해. 네 사정이 어떤지 알면서도 이렇게 얘기하는 게. 솔직히 너희 어머니랑 여행간다는 얘기 들었을 땐 좀 부럽더라."

내가 희솔이한테 괜한 얘길 한 걸까. 사정도 모르고 여행 가서 어색할 것 같다고 호들갑을 떤 나의 모습이 참 미련하다는 생각이 들었다.

희솔이는 미안하다고 말하고는 다시 누웠다. 아주 작게 배게 위로 눈물 떨어지는 소리가 들려왔다.

희솔이의 이런 모습을 처음 봐서 놀란 것도 있지만, 애가 했던 말들이 내 머리를 세게 친 것 같은 기분이 들어 잠이 오지 않았다. 내가 가족이라는 틀을 소중하게 생각했던 건, 그래야 엄마를 악인으로 둘 수 있어서였다. 어떤 이유가 됐건, 가족을 버리면 안 된다. 그 틀을 깬 게 엄마니깐, 엄마는 내게 있어 무조

건 나쁜 사람이었다.

하지만 내가 살아온 환경과 희솔이가 살아온 환경이 다르듯 희솔이는 반대로 생각하고 있었다. 희솔이의 사정과 내 사정. 갑자기 채림 언니의 말이 생각났다. 사정이 있겠지. 그 한마디로 이 상황을 넘기면 되는 걸까. 정말 가족은 소중한 게 아닌 걸까.

"희솔아."

"응?"

희솔이는 코를 한 번 훌쩍이고는 답했다.

"이런 말 함부로 하긴 좀 그렇지만, 부모님께 네가 연극에 얼마나 진심인지를 말해보는 건 어때? 단순히 연극하고 싶다고 말하는 것 말고 말이야."

"그걸 내가……."

"물론 말해봤겠지. 하지만 화난 상태여서 제대로 말 못 했을 수도 있잖아. 차분하게 눈을 똑바로 보고, 네가 잘하는 연기 하듯이 말이야. 그렇게 말해본 적 있어?"

희솔이는 말이 없었다. 아무래도 그렇게 말해본 적은 없었다는 반응이었다.

"후…… 그래, 한 번 해볼게. 마지막으로."

희솔이의 한숨이 조금 안쓰러웠지만, 그래도 난 가족이 소중하지 않다느니 같은 소리는 하지 말았으면 싶다. 그건 너무 마음 아프니깐.

우리의 새해는 그렇게 고요한 밤사이에 지나갔다.

다음날 희솔이는 재워줘서 정말 고맙다는 말을 몇 번이고 반

복했다. 그리고 어제 했던 쓸데없는 소리에 대한 사과도. 나는
괜찮다고 빨리 집에 들어가 보라고 했다.

"근데 혹시 연극 못 하는 건 아니지?"

"그건 아니야. 어떻게든 이번 거는 끝낼 거야."

신발장에서 희솔이는 걱정하지 말라는 듯 문을 열고 나섰다.
새해 첫날 좋은 일만 가득 있길. 나는 떠나는 희솔이의 뒷모습
을 보며 작게 빌었다.

10
여행

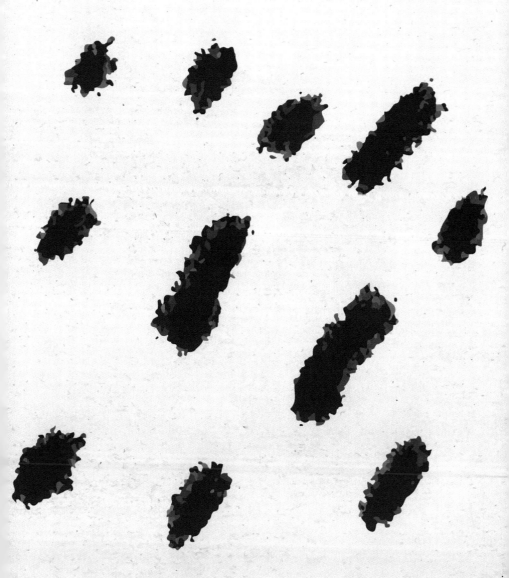

10

　오늘은 새해가 되고 하는 첫 연습이었다. 난 희솔이가 과연 올지 안 올지 노심초사하며 문을 힐끗힐끗 살폈다. 내가 10분 정도 일찍 도착해서 앉아있으니, 다른 사람들이 들어오는 걸 다 볼 수 있었다. 대표님부터 현진이, 아라, 채림 언니. 근데 희솔이는 아직이었다. 평소라면 도착하고도 남을 시간인데 말이다. 갑자기 불안해지기 시작했다. 혹시 저기 앉아있는 대표님이 안 좋은 소식이 있다며 입을 열까 봐 무서웠다. 그래서 문만 보는 게 아니라 대표님도 같이 힐끗대기 시작했다.

　그때, 갑자기 문이 벌컥 열리며 거친 숨소리와 함께 누가 들어왔다.

　"늦어서 죄송합니다!"

　희솔이었다. 다행이다. 그래도 오늘 연습에 나왔다는 건 부모님과 이야기가 잘 됐다는 걸로 생각해 봐도 되지 않을까. 나는 안도하며 오늘 연습에 집중하자고 생각을 바꾸었다. 희솔이한테 물어보는 건 연습이 끝나고 돌아가는 길에 물어보기로 하고.

오늘 해볼 건 블로킹이었다. 앉아서 대사를 주고받는 건 충분했다. 이제 의자랑 탁자는 밀어두고 일어서서 동선과 구체적인 행동 묘사를 해볼 차례였다.

라파엘라는 조직의 보스로서 완력이 강한 남성이라는 설정이다. 카르멘을 만나기 전엔 동작을 투박하고 크게 가져가다가 카르멘을 만나고부터는 조금씩 소극적으로 변해가듯 묘사했다.

카르멘은 뒷세계를 모르는 평범한 여성이다. 그래서 말투나 행동두 평소 채럼 언니가 하던 대로 가져갔다. 카르멘의 성격이 은근히 언니와 닮은 구석이 있었다.

내가 맡은 릴리는 부드러운 인물이다. 말투도 행동도 부드러움이 묻어나오는 사람이다. 릴리를 연기하고 있으면, 평소 내가 릴리만큼 부드러운 사람인지 다시 생각해 보게 되었다.

희솔이 탓도 있지만, 릴리의 마지막 행동을 다시 생각해 보려는 노력을 계속했다. 라파엘라를 버리고 도망간 건, 악의 같은 게 아니라고. 만약 가족 같은 관계가 아닌 릴리의 외사랑이었다면, 질투심에서 나온 악의라고 생각했겠지만 어쨌건 각본을 쓴 연출들이 가족처럼 생각한다고 못을 박았다.

릴리는 부드러운 사람이다. 그러니깐, 도망간다는 선택도 어쩔 수 없는 상황에서 만들어진 걸지도 모르겠다. 어쩔 수 없는 사정.

연출의 디렉팅은 생각보다 더 구체적이었다. 나랑 라파엘라가 얼만큼 떨어져 있어야 하는지, 또 카르멘과 라파엘라는 얼만큼 떨어져 있어야 하는지. 그런 것들을 철저히 관객 입장에서 분석했다. 솔직히 연기라던가 손짓, 발짓. 이런 것들에 대한 피드백만 있을 줄 알았는데, 배역 간의 거리 같은 부분까지 신경 쓰고 있을 줄은 꿈에도 몰랐다.

"릴리, 왜 이렇게 겉도는 거 같지."
희솔이가 쉬는 시간에 핀잔을 던졌다. 내가 릴리를 어렵게 생각하는 걸까? 특유의 분위기가 잘 살아나지 않는 것 같았다.
"가족답다는 게 잘 살아나는 대사 몇 개를 집중적으로 연습해야 할 것 같아."
옆에 있던 아라도 말했다. 가족다운 느낌의 대사. 어떤 것들이 있을지 곰곰이 생각했다.
"왜 이렇게 다쳤어요. 조심 좀 해요, 진짜."
나는 이럴 걸 말하는 거냐며 릴리의 대사를 조용히 한 번 읊었다.
"그런 것도 있고, 이거랑 이것도⋯⋯."
희솔이는 각본에 있는 대사 중 몇 개를 볼펜으로 체크했다. 희솔이가 체크한 것들을 유심히 보다가 어느 대사에서 시선이 턱 하고 걸렸다.
나는 당신의 편이에요, 라파엘라.
당신의 편이에요. 라는 고백은 내가 여태 듣고 싶어 했던 것

이었다. 물론 희솔이도 현진이도 둘 다 내 편이라고 하면 내 편이겠지만, 이거 말고 다른 내 편. 가끔은 투덜거리다가 싸우기도 하지만, 그래도 날 생각해 주고 날 응원해 주는 사람.

아빠는 일이 너무 바빴다. 꼭두새벽에 도어락 열리는 소리가 들려오고 저녁 늦게 돌아오는 경우가 허다했다. 자영업자다 보니, 일이 참 많았다. 내가 대신 배달을 나간 적도 있었다. 오토바이는 아니고 자전거로. 솔직히 대학생이 되고서 방학 땐 항상 아빠 가게 배달만 했던 것 같다. 난 아빠가 싫은 건 아니었다. 하나 있는 딸이 도와주는 게 뭐 어때서. 그렇게 생각했다.

하루는 배달을 가기가 싫다고 했었다. 막 직설적으로 싫다고 한 건 아니고, 그냥 좀 피곤하다고 했다. 아빠도 그날은 좀 힘들었나 보다. 한 번 가줄 수도 있지, 뭘 또 피곤하다고. 그렇게 툴툴거리듯 말했다. 나는 그 말에 짜증인지 분노인지 모를 감정이 솟구쳤다. 하지만 드러내진 않았다. 그냥 잠자코 다녀오고 아빠랑 한동안 아무 말도 안 했던 것 같다.

아빠도 날 응원하고, 아낀다는 것쯤은 충분히 느끼고 있어. 이른 새벽, 등 너머로 들려오는 도어락 소리에 나지막이 읊었다. 하지만 이 기분은 대체 뭔지. 나의 문제인지. 아빠의 문제인지. 아니면 다른 누군가의 문제인지.

"문영! 알겠지?"

"어…… 응."

희솔이가 내가 들고 있는 각본에 체크 표시를 해주며 말했다. 내가 다음 연습은 불참이니 이 부분들을 좀 연습하고 생각해 오라고. 난 얼떨떨한 기분으로 희솔이가 체크해준 각본을 받았다.

차들이 쌩쌩 달렸다. 그러고 보니 희솔이한테 부모님이랑 이
야기 잘 됐는지 물어보려고 했는데. 하필 희솔이가 오늘 뒷정
리 당번이었다. 딱 이렇게 정거장에 덩그러니 앉아있으면 단둘
이서 떠들기 좋은 분위기가 나온다. 그래서 쉬는 시간이나 다른
때에 안 물어보고 참고 있던 건데. 다음 연습엔 내가 불참이라
못 물어보고, 결국 그다음 연습이 끝나고 물어볼 수밖에 없었
다.

*

여행은 되게 오랜만이었다. 특히 공항은 더 그랬다. 비행기를
탄 게 얼마 만이더라. 잘 기억나지 않았다.
난 부산스럽게 움직이는 사람들 사이에서 엄마를 찾는 시늉
만 하고 있었다. 2번 게이트 앞에 서 있다고 연락이 오긴 했다.
나도 그 근처였다. 그래서 굳이 움직이진 않고 두리번두리번 어
디에 있나 고개만 까닥거렸다.
"문영아, 여기!"
엄마의 목소리가 들렸다. 뻔히 들리는 데도 무시하긴 좀 그
렇겠지. 난 소리가 들린 방향으로 얼굴을 돌렸다. 엄마는 코트
를 입고 있었다. 되게 미니멀한 옷차림. 짐도 캐리어가 아니라
가방 하나에 다 챙겨온 것 같았다. 나도 마찬가지였지만.
"안녕하세요."

"오는데 차는 안 막혔어? 밥은 먹었니?"

난 어색하게 고개를 숙이고 엄마 곁으로 다가섰다. 아침이라 차는 안 막혔는데. 밥은 안 먹었었다.

"차는 안 막혔고…… 밥은 안 먹었어요."

"그래? 그럼 먹으러 가자. 엄마도 안 먹었어."

엄마는 좀 들떠 보였다. 여행이 들뜨는 걸까. 나랑 가는 게 들 뜨는 걸까.

그러고 보니 난 아직 엄마를 '엄마' 라고 불러본 적이 없었다. 엄마가 자길 지칭할 땐 엄마라고 하는데, 난 그런 거 없이 내 할 말만 하고 말았던 것 같다. 별로 의식하지 않던 부분이었는데, 밥을 먹으면서 엄마가 이 얘기 저 얘기하다 보니 갑자기 호칭이 신경 쓰이기 시작했다.

"일난 숙소는 여기고, 체크인은……."

엄마는 밥을 먹는 건지 이야기하는 건지 모르겠다. 된장찌개를 시켰는데, 그게 다 식을 때까지 열심히 이것저것 설명했다. 여행 가서는 뭘 할 거고, 차는 뭘 빌렸고 등등.

비행기를 타기 전까지 계속 엄마만 떠들었던 것 같다. 밥을 다 먹고 탑승 수속을 기다릴 때도 그렇고 비행기에 탔을 때도 난 엄마가 하는 말에 고개만 끄덕였다. 슬슬 엄마도 할 말이 떨어져서 쩔쩔매는 게 느껴지는 것 같은데. 분위기가 조용해질 때마다 힐끗 눈치를 살폈다.

"문영아, 일어나. 다 왔어."

잠깐 졸고 일어났더니 제주도였다. 아침 일찍부터 나서느라 조금 피곤했는데, 쪽잠을 자고 나니 개운했다. 몽롱한 정신으로 짐을 꺼내고 천천히 내리기만을 기다렸다.

"컨디션 괜찮은 거지? 바로 자길래."

"네, 괜찮아요."

자고 일어나니 긴장이 풀린 걸까. 이젠 무슨 대화를 해도 아무렴 괜찮을 것 같은 기분이었다.

1월 초의 제주도는 꽤 따뜻했다. 두껍게 입고 온 옷을 벗을 정도로 따뜻한 날씨는 아니었지만, 몸을 배배 꼴 정도의 추위는 아니었다. 우린 내리자마자 택시를 잡아 차량 빌리는 곳으로 향했다. 거기서 차를 빌리고 곧바로 어딘가로 향하는데, 나는 어디로 가는지 알 수 없었다. 아까 아침에 일정 같은 걸 열심히 말해주긴 했는데, 한 귀로 듣고 한 귀로 흘린 탓에 전혀 기억나는 게 없었다. 그래도 뭐, 어디 위험한 곳으로 가겠어? 나는 별생각 없이 창문으로 지나가는 제주도의 풍경을 바라봤다. 날씨도 좋고, 하늘도 무척 맑았다.

"날씨 되게 좋다. 그치?"

"그렇네요."

나는 무심코 고개를 돌려 엄마를 힐끗 살폈다.

"어…… 선글라스?"

엄마는 어느새 선글라스를 쓰고 있었다. 완전히 까만 건 아니고 적당히 푸른색이 들어간 예쁜 선글라스였다.

"너도 하나 줄까?"

"네?"

엄마는 갑자기 운전석 문 밑으로 손을 집어넣어 이리저리 휘젓더니 검은색 케이스 하나를 내게 건넸다. 나는 얼떨결에 그걸 받아 들고 열었다. 엄마랑 비슷한 색상의 선글라스가 들어 있었다.

"아영이껀데 빌려왔어. 쓰고 싶으면 쓰고, 너 하고 싶은 대로 해."

나는 선글라스를 잠시 만지작거리다가 아영이꺼라는 말에 괜히 걱정돼 케이스를 닫았다.

"괜찮아요. 원래 잘 안 쓰고 다니고. 아영이꺼라서 좀⋯⋯."

"그래, 그럼."

엄마는 쿨하게 케이스를 받아 가더니, 다시 운전석 문 밑으로 집어넣었다.

"배고파? 안 고프면 요 근처에 경치 좋은 카페 있는데 들렀다 가자."

아침 안 먹기를 버릇하다가 오늘 오랜만에 먹었던 지라 속이 더부룩했다. 나는 알겠다며 고개를 끄덕였다.

차를 잠시 멈춰 세우고 길가에 있는 카페에 들렀다. 엄마 말대로 경치가 참 좋은 곳이었다. 탁 트인 경관이 SNS 명소로 나올 법했다.

"어떤 거 마실래? 커피?"

"아, 저는⋯⋯."

저번엔 얼떨결에 커피를 마신다고 했지만, 오늘은 그러고 싶지 않았다. 청귤 에이드가 눈에 띄어서 저걸 마시겠다고 했다.

그리고 엄마는 감귤 케이크를 추가로 주문했다. 제주도라 그런지 귤로 만든 것들이 되게 많네. 그렇게 생각하고 경치 좋은 자리에 털썩 앉았다.

"어때? 경치 좋지?"

"네, 엄청 좋아요."

나는 작게 감탄하며 창밖의 경치를 구경하고 있었다. 탁 트여서 바다가 보이는 게 정말 속이 뚫리는 것 같은 기분을 줬다.

"아, 나왔네."

엄마가 진동벨이 울리는 걸 보고 곧바로 일어나 케이크와 음료를 가져왔다. 이런 카페가 다 그렇겠지만, 참 사진 찍기 좋도록 아기자기하게 잘 꾸며놓았다. 케이크도 음료도 인테리어도. 나는 사진을 찍을까 고민하다가 엄마가 포크를 집었길래 포기했다.

"맛있다. 먹어 보렴."

포크로 조각 케이크를 베었다. 그리고 입으로 넣었다. 생각보다 달고 상큼한 맛이었다.

"그래도 제주도 여행인데 이런 것 하나쯤은 먹어줘야지."

엄마는 익숙하다는 듯이 케이크와 커피를 번갈아 먹고 있었다. 나는 문득 엄마의 익숙한 모습에 의아함이 들어 입을 열었다.

"여행 되게 자주 다니시나 봐요."

"여행? 자주는 아니고, 그래도 시간 내서 가려곤 하고 있어."

내가 기억하던 엄마는 여행엔 별로 관심이 없었다. 가족여행
갈 시간에 극단 일에 더 치중했달까. 물론 그런 모습이 싫었다
는 건 아니고, 그냥 그땐 일이 많아서 그러는가 보다 생각했다.

'예전엔 안 그러셨잖아요.'

나는 이 말이 목 끝까지 차올랐다가 청귤 에이드와 함께 식
도 너머로 삼켜버렸다. 연극은 왜 관둔 걸까. 궁금증이 다시 피
어나기 시작했다.

우리는 바닷가를 잠시 거닐다가 점심을 먹으러 어느 식당에
차를 멈춰 세웠다. 무슨 고기국수 집이었는데, 꽤 맛있었다. 다
음에 또 한번 오고 싶다고 생각할 정도였다.

점심을 다 먹고 차에 타자, 엄마가 설레는 목소리로 물었다.

"이제, 꽃 보러 갈 건데. 꽃 좋아하니?"

아마 수선화 축제를 말하는 것 같았다. 꽃은 굳이 싫어하지
도 않았고, 엄마가 수선화를 좋아한다는 것쯤은 기억하고 있었
다.

나는 괜찮다고 끄덕이며 안전벨트를 매었다. 생각해 보니 여
행 루트를 다 엄마가 짰구나. 내가 수동적으로 나서니 엄마 위
주로 한 거겠지만, 그래도 꽤 취향이 맞아들어가서 나름대로 만
족하고 있었다.

입구부터 수선화의 은은한 향기가 코를 스쳤다. 나는 축제라
길래 넓은 평지에 수선화가 끝없이 펼쳐진, 뭐 그런 걸 상상했

173

다. 근데 엄마가 데려온 곳은 약간 미니 테마파크에 구경할 거리가 많은, 그런 장소였다. 수선화뿐 아니라 동물도 있고, 한옥 같은 것도 있는 그런 곳.

"되게 조용하고 사람 없다."

평일이라 그런지 사람도 없고 조용했다. 날짜를 참 잘 잡은 것 같다는 생각이 들었다. 이런 관광 장소에 사람이 북적거렸다면, 구경하는 맛이 안 살았을 텐데.

"사진 찍어줄까, 문영아?"

엄마는 본인 핸드폰을 든 채 내게 물었다. 내가 사진 찍는 것도 찍히는 것도 엄청 좋아하는 사람은 아니라서 좀 고민됐지만, 싫어요. 라고 거절하면 안 그래도 조용한 분위기가 더 삭막해질 것 같았다.

"웃어, 문영아……!"

나는 돌하르방 옆에 서서 적당히 포즈를 잡았다. 고개만 살짝 돌리고 손으로 브이를 만든 포즈로. 근데 어째 나보다 엄마가 더 신나 보였다. 다 찍고 나선 사진을 몇 번을 돌려보는데, 입꼬리가 씰룩거리는 게 티가 났다.

"여기야, 여기. 저번에 말했던 수선화."

천천히 걸으면서 공작새도 지나치고 민속촌도 지나쳐오니, 하얀 수선화가 우리를 반겼다. 멀리까지 심어진 하얀 수선화는 마치 눈이 쌓여 있는 듯한 상상을 일으켰다. 초록빛 줄기 위로 이파리 모양의 눈이 소복하게 쌓인 것처럼 보였다.

"예쁘지 않니?"

"그렇네요. 예뻐요."

나는 멍하니 하얀 이파리들을 보다가 문득 엄마가 왜 수선화를 좋아하는지 궁금해졌다. 물론 이렇게 서서 보고 있자니, 예쁘고 향기도 좋고, 뭐 그런 이유가 생각나긴 하는데, 그래도 물어보고 싶었다.

"왜 좋아하세요?"

"뭐를?"

"수선화요. 좋아하는 이유가 있으신가 해서요."

엄마는 내 말에 물끄러미 수선화를 쳐다보다가 나를 보고 물었다.

"문영아. 넌 이 꽃이 싫니?"

나는 싫은 건 아니라고 했다. 그냥 특별한 이유가 있나, 궁금해서 물어본 거라고 그렇게 해명하듯이 말했다.

"그냥 별 이유는 없어. 하얗고, 깔끔하고. 향기가 좋고, 이쁘잖니. 그래서 애착이 가는 가봐."

나는 하얗다는 말을 듣고 무의식적으로 어떤 말이 튕겨 나왔다.

"하얀 거 좋아하는 건, 여전하시네요."

나도 모르게 놀래서 입을 덥석 붙잡았다. 내가 무슨 말을 한 거람. 엄마가 기분 나빴을까 싶어 시선을 엄마에게로 돌렸다.

하지만 엄마는 의외로 아무렇지 않은 것 같은 표정이었다. 오히려 내가 그랬나? 같은 얼굴을 하고 있었다.

한바탕 구경을 마치니, 어느새 저녁이었다. 저녁은 카레 집에서 해결하고 숙소로 들어와 짐을 풀었다. 피곤했다. 숙소엔 티비가 있었는데, 굳이 틀고 싶진 않았다. 하지만 내가 씻고 나오니 엄마가 티비를 틀어놓았다. 그래서 엄마가 씻는 동안 채널을 여기저기 돌리며 아무 얘기 없이 볼 만한 게 뭐가 있을까, 고민하고 있었다.

"티비 자주 보니?"

"자주는 아니고, 가끔요."

엄마가 화장실 문을 벌컥 열고 나오며 물었다. 나는 어정쩡하게 침대에 걸터앉은 채 리모컨만 만지작거렸다.

"후…… 좀 피곤하네."

엄마는 들으라는 건지 모를 혼잣말을 중얼거렸다. 티비에서 나오는 소리가 마치 백색소음처럼 들리기 시작했다. 엄마와 단둘이 숙소에 있다. 밖에서 밥을 먹고 여기저기 구경할 때만 해도 이런 기분은 아니었는데. 바늘이라도 삼킨 것 같은 불편한 감각이 몸 구석구석 퍼지기 시작했다.

"문영이 넌 어디 뭉친 곳 없니? 엄만 종아리가 좀 아프네."

"아…… 전 괜찮아요."

엄마가 일부러 그랬는진 모르겠지만 이 방은 싱글베드가 두 개였다. 트윈베드에서 조금만 움직여도 스칠 거리로 붙어있는 것보단 나았지만, 지금 이 침대 사이의 거리감이 멀찍이 느껴졌다.

"내일 비행기는 오후 3시쯤이야. 아침에 일어나서 밥 먹고 잠깐 구경하다가 공항 가면 되겠다."

엄마는 핸드폰을 만지작거리며 내일 일정을 말해주었다. 나는 네, 네. 거리며 쥐 죽은 듯 엄마의 말에 답했다.

"……그래서 점심은 여기서 먹고, 문영아?"

"네?"

"어디 안 좋아? 안색이 좀……."

나는 엄마의 말에 얼굴을 더듬거렸다. 피라도 빨린 것처럼 차가웠다. 왜 이러지. 긴장이 풀린 건지, 긴장이 다시 들어온 건지.

"아, 아니에요. 괜찮아요. 그냥 피곤한가 봐요."

나는 엄마를 쳐다보지 않은 채, 고개를 숙이고 말했다. 아아 정말 왜 이럴까. 가슴에서 무언가 소용돌이치는 것 같은 기분이 들었다.

"문영아."

나를 차분히 부르는 목소리에 고개를 들어 눈을 마주쳤다.

"엄마가 이기적이라서 미안해."

그 말에 나는 위태위태하던 무언가가 무너져 내리는 것 같았다. 가득 찬 둑이 무너져 내리는 것처럼 닭똥 같은 눈물이 흘러나오기 시작했다. 엄마는 잠시 당황하였지만, 왜 미안한지 천천히 설명하기 시작했다.

"그렇게 떠났다가 갑자기 찾아와 놓고는, 제대로 된 이유도 설명 안 해주고 무작정 만나자고 했잖아. 엄마는…… 사과할 자격이 없다고 생각했어. 나 편해지자고 하는 게 사과는 아니니깐."

나는 고개를 푹 숙인 채 엄마의 말을 잠자코 들었다. 눈물이 한 방울, 두 방울 떨어질수록 귓가가 멍해졌지만, 그래도 일단 듣는 척이라도 했다.

"지금이라도 이렇게 만나주는 게 정말 고마워. 문영아."

말이 다 끝나면, 나는 엄마를 저주하는 말들을 마구잡이로 골라 토해내려 했다. 당신은 진짜 나쁜 사람이라고. 난 이해하고 넘기지 않을 거라고. 하지만 입으로 흘러내린 눈물이 저주를 녹여버렸다. 도저히 그렇게 말할 용기가 나지 않았다.

"잘래요."

내가 고르고 고른 말은 고작 이거였다. 엄마는 잠시 당황했지만, 알겠다며 티비와 불을 꺼주었다. 나는 엄마를 등지고 누웠다.

꿈을 꿨다. 꿈에선 엄마와 같이 눈사람을 만들었다. 눈이 쌓인 바닥에 드러누워 천사 모양도 남기고, 눈을 던지며 놀기도 했다.

실컷 눈물을 쏟아낸 탓인지, 다음날엔 눈이 팅팅 부어있었다. 엄마가 선글라스를 건네줘서 덥석 받았다. 아영이꺼는 아니고 엄마가 쓰던 거였다.

엄마는 내가 어제 그런 모습을 보였어도 나를 아무렇지 않게 대했다. 마치 그런 일이 없었다는 것처럼.

"여기 식당은 처음인데 되게 괜찮다."

나는 엄마가 너무 아무렇지 않아 해서 괜히 심술이 났지만, 그렇다고 엄마와의 관계를 끊어버릴 생각으로 날이 선 말을 토할 자신은 없었다.

"문영아 떡 좋아해? 이 근처에 오메기떡 집 있던데."

"네, 좋아요."

엄마가 아무렇지 않아 하는 만큼 나도 아무렇지 않은 듯 답했다.

우리는 잠시 쉴 겸 어느 카페에 들렀다. 엄마는 커피, 나는 레몬에이드를 주문하고 자리에 앉았다.

나도 그렇고 엄마도 마땅히 할 말이 없어 핸드폰을 만지작거렸다. 엄마는 종종 말을 걸어왔지만, 그게 대화를 주고받는 수준으로는 이어지지 않았다.

「여행 잘 즐기고 있는 거지? 기념품 기대할게~」

핸드폰을 만지작거리다가 안 읽은 문자 한 통을 확인했다. 아라의 문자였다. 발랄한 문자를 보니 괜히 피식 웃음이 나왔다.

"친구야?"

"네?"

"갑자기 웃길래. 궁금해서 물어봤어."

"네, 친구……."

이런 건 왜 궁금한 건지. 내가 피식 웃은 게 그렇게 티가 날 정도였을까.

나는 괜히 볼 것도 없으면서 담장이 공지방 대화를 하나하나 살폈다. 뭐 따로 연습할 건 없는지. 바뀐 부분은 없는지. 그러다가 문득 엄마가 연극을 왜 관뒀을까. 그런 의문이 들었다. 저번에 물어보지 못했던 부분이었는데.

"혹시 연극은 왜 그만두신 거예요?"

엄마는 커피를 마시다가 잠시 사레가 들린 것처럼 헛기침했
다.

"연극? 연극이라……."

잠시 고민하는 듯하더니, 입을 열었다.

"그냥. 엄마의 이야기를 아무도 재미있어 하는 거 같지 않아
서. 그게 너무 뼈아프게 다가오더라고."

엄마는 그 말을 끝으로 조용했다. 뜨거운 커피를 빠르게 홀
짝홀짝 마실 뿐이었다.

1박 2일의 여행은 순식간이었다. 도착해서 엄마와 나는 짧은
인사로 헤어졌다. 엄마는 헤어지기 전, 미안하다고 한 번 더 말
했지만, 나는 건조하게 네. 라고 답하고 기숙사로 돌아왔다.

좀 피곤했다. 기념품이랍시고 사 온 오메기떡은 내일 연습에
들고 가야겠다. 그렇게 생각하고 침대에 벌러덩 누웠다. 이 여
행이 대체 내게 무슨 의미였는지. 어린 애처럼 울어버리고 제대
로 된 하소연조차 하지 못한 내 한심함에 몸이 녹아내릴 것 같
았다.

＃ 11
런쓰루

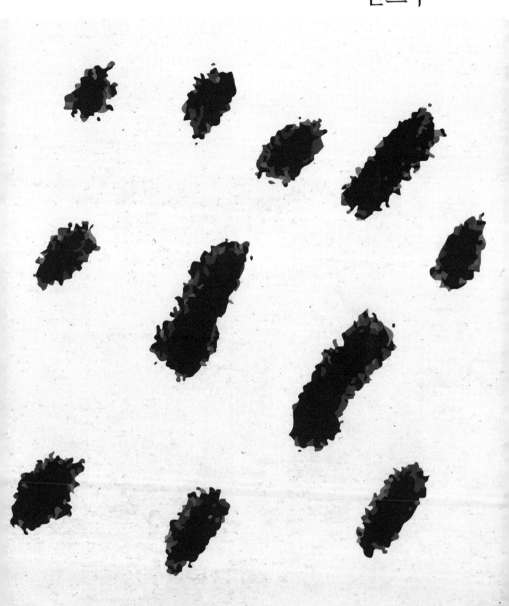

11

"우와, 수요일 연습 빠진 문영이다."

아라가 복도에서 날 가리키며 반가운 체했다. 나는 손에 든 봉투를 흔들어 보였다. 오메기떡을 담은 봉투였다.

"이거, 뭐야? 내 선물? ……떡?"

아라가 봉투에 담긴 오메기떡 포장지를 보고 잠시 멈칫했다.

"별로야?"

"아니이…… 좋아."

딱 봐도 표정이 별로였다. 나름 유명하대서 사 온 건데 반응이 미적지근할 줄은 몰랐다. 근데 이미 이걸로 사 와버렸는데 뭐 어쩌겠어. 조금 아쉬운 반응이었지만, 일단 회의실로 들어갔다.

"오, 문영 씨. 잘 다녀왔어요?"

대표님을 시작으로 회의실에 있던 사람 여럿이 나를 반겼다. 기분이 묘했다. 내가 이렇게 반가울 만한 사람이었나? 다들 잘 다녀왔냐며 물어봐 주니깐, 좀 이상했다.

"문영, 안녕."

희솔이가 손을 흔들었다.

"잘 다녀왔어?"

나만 느낀 건진 모르겠지만, 희솔이의 말투에 어색함이 묻어 있었다. 왜지? 싶던 찰나, 불과 며칠 전에 희솔이가 가출 때문에 내 기숙사 방에서 자고 갔다는 사실이 떠올랐다. 게다가 그 이유는 부모님 때문이었지. 내 사정을 알고 있으니깐 이러는 거려나 싶어 아무렇지 않은 척 떡 하나를 건넸다.

"맛있겠다. 고마워."

희솔이는 내가 건넨 걸 곧장 뜯어서 한 입 베어 먹었다. 아라보다는 반응이 괜찮아서 기분이 좀 좋았다.

오늘 연습도 크게 다를 건 없었다. 반복, 또 반복. 희솔이가 체크해 줬던 가족스런 대사에 집중하며 릴리를 연기했다. 그래도 저번처럼 겉도는 것 같다거나 어색하다는 의견은 많이 줄어서 좋았다. 하지만 혼란스러운 건 여전했다. 가족처럼 여기던 사람을 두고 간다는 게 쉽게 용서될 일인 건지. 문득 숙소에서 엄마와의 대화가 떠올랐다. 대화라기엔 엄마의 일방적인 사과에 가까웠지만, 난 사과를 듣고도 후련한 기분이 들지 않았다. 이상했다. 오히려 애처럼 울면서 도저히 용서 못 하겠다는 생각만이 치솟았다.

연습이 끝나고 희솔이와 버스를 기다리던 때였다.

"릴리, 이젠 좀 할 만해?"

"음, 조금 어렵긴 한데, 그래도 어떤 느낌으로 하면 될지 감은 잡은 것 같애."

내 해결책은 결국 느낌이었다. 연극이 소설도 아니고, 인물의 내면까지 자세하게 묘사하진 않는다. 그래서 그 점을 이용해 연출의 디렉팅대로 최대한 비슷한 느낌으로 연기를 해보자고 생각했다. 이번 달 말에 연극이 진행되니깐, 실질적으로 20일 정도밖에 남지 않은 셈이었다. 배역에 대한 완벽한 이해…… 같은 건 아직 내 수준에선 일렀다. 기한이라도 맞추는 게, 최선일 것 같았다.

"미안, 내가 괜히 스토리를 이상하게 썼나 봐."

"아니야, 재밌고 충분히 좋은데."

갑자기 사과하는 희솔이의 모습에 손사래를 쳤다. 그러고 보니 마지막 장면은 희솔이 의견으로 넣었다고 했지. 가족이라고 꼭 소중할 필요는 없다고 생각해서.

"혹시 부모님이랑 이야기는 잘 됐어?"

"잘…… 이라고 말하긴 애매하지만, 그래도 효과는 있었어."

이 말만으로도 충분했다. 한숨을 푹 내쉬거나, 입술을 질끈 깨무는 반응이 아니었으니 됐다. 희솔이 표정도 나름 후련해 보였다.

"너는 어머님이랑 여행 잘 다녀왔어?"

나는 이 말에 잠시 멈칫하다가 잘 다녀왔다고 얼버무렸다. 숙소에서 있었던 일은 굳이 말하고 싶지 않았다. 솔직히 그거 빼고는 다 괜찮은 여행이었으니깐.

연습은 꾸준히 진행되었다. 일주일에 기본 세 번씩. 필요한 사람은 혼자라도 나와서 부족한 부분을 채웠다. 나는 비록 처음 이긴 했지만, 분량이 그렇게 많진 않아서 굳이 다른 날까지 나와서 연습할 필요는 없었다. 하지만 합 같은 건 같이 나와서 맞춰두는 게 좋으니까, 다른 날에도 간간이 시간을 맞추어 연습에 나갔다. 채림 언니는 직장인이라 저녁에 시간을 맞출 때가 많았다.

"너희 진짜 열심히 하네. 나 동아리 할 때도 이만큼 하는 애들은 없었던 것 같은데."

채림 언니의 말에 현진이는 머쓱한 표정을 보였다. 다들 열심히 하긴 하지만, 그중 제일 열심인 사람을 뽑자면 현진이었다. 연습 없는 날에도 할 수 있으면 하자고 말한 게 현진이었고, 연출들이 피드백해 주면 정말 성실히 그걸 받아적었다.

"너 되게 열심히 한다."

"너도 그런데 뭘."

쉬는 시간엔 현진이랑 벽에 기대어 앉는 일이 많아졌다. 말이 쉬는 시간이지 연출 두 명은 개선점이 뭐가 있을지 토론하고 있고, 채림 언니는 피곤한지 책상에 엎어졌다. 대표님도 여기저기 전화하느라 바쁘셨다. 얼핏 들었을 땐, 공연 장소 섭외 같은데, 대표님의 통화 소리에서 공연, 조명 같은 단어들이 들릴 때마다 심장이 덜컥하곤 했다. 진짜 연극을 하긴 하는구나, 하는 생각에 체감이 확 되는 기분.

"릴리는 이제 괜찮게 하는 것 같던데. 저번에 이해 못 하겠다는 건 해결된 거야?"

꿈 때문에 가족을 두고 가는 게 말이 되냐고 투정하듯이 말했었다. 솔직히 지금도 그다지 이해가 가는 부분은 아니었다. 그냥 연출이 바라는 느낌대로 해보는 정도. 애초에 릴리의 등장이 그렇게 잦지 않아서 큰 문제는 없었다.

"사실 아직도 릴리가 이해되는 건 아닌데. 그냥 느낌만 살려서 해보고 있어."

"그래? 뭐 어쩔 수 없지. 그래도 느낌이라도 살리는 건 좀 대단한데?"

나는 그런가, 하고 알기 힘든 표정을 내보였다. 조금 혼란스러웠다. 사실 내가 이해 안 가는 건 릴리도 있지만, 릴리를 용서하는 라파엘라도 마찬가지였다. 어떻게 그렇게 바로 용서해 줄 수 있는지. 물론 전개 속도 때문에 이렇게 진행되는 것일 수도 있지만, 그렇다고 해도 라파엘라의 용서는 내게 찜찜한 무언가를 남기는 것 같았다.

"넌 라파엘라가 용서하는 게 이해가 돼?"

내 말에 현진이는 잠시 손을 턱에 가져다 대었다.

"이해까지는 잘 모르겠는데, 그래도 어떤 마음인지는 대충 알겠어."

"마음······?"

내가 고개를 갸웃거렸다.

"라파엘라한테 릴리는 어찌 됐든 미워할 수 없는 사람이잖

아. 그런 마음이라고 생각하니깐, 조금은 수긍이 됐어."

"미워할 수 없는 사람……."

나는 잠깐이지만 엄마가 떠올랐다. 엄마를 미워해야 해서 가
족은 소중하고 끊어져서는 안 된다고 생각했는데. 사실은 엄마
도 내게 미워할 수 없는 사람인 걸까. 그래서 엄마 앞에만 서면
내 저주와 원망도 어딘가로 숨어버리는 걸까.

*

연극 장소가 정해졌다. 장소는 저번 연극을 했던 곳과 동일
한 예린 소극장. 이제 고작 장소가 정해진 것뿐이었지만, 벌써
긴장감이 허리를 타고 오는 듯한 기분이 들었다.

대사와 동선, 행동들이 어느 정도 잡히자, 처음부터 끝까지
연극을 진행하는 런쓰루를 반복하기 시작했다. 관객은 없지만
머릿속으론 있다고 생각하고 실수하나 없이 최대한 완벽하게
진행하기를 반복했다. 한 번 할 때마다 에너지가 주욱 빠져서
힘들긴 했지만, 그만큼 긴장이 덜어지는 것 같기도 했다.

대사와 행동이 몸에 충분히 배어갈 때쯤, 나는 한 가지 고민
에 휩싸였다. 엄마에게 연극을 보러오라고 해야 하나 말아야 하
나에 대한 생각. 다들 주변 사람들한테 1월 말에 연극 한다고
홍보하는 걸 보고 있으니, 고민은 더 깊어졌다.

"넌 누구 오는 사람 있어?"

"음…… 잘 모르겠네."

현진이가 이렇게 물을 때마다 곤란함은 더 커졌다. 연극을 보러 오라고 말할 정도로 친한 친구가 없던 것도 있지만, 엄마를 부를지에 대한 것이 참 애석한 고민이었다. 아빠는 어차피 장사 때문에 오지 못할 것이었고, 엄마한테 얘기를 꺼내자니 어색한 건 둘째 치고, 괜히 기분 나쁘진 않을까 싶은 걱정이 있었다. 자기는 이제 연극도 관뒀는데, 기만하는 거 아니냐는 생각.

내가 엄마를 부르고 싶던 이유는 기만도 아니었고, 그렇다고 다른 정 같은 게 있어서도 아니었다. 물론 처음은 기만에 가까웠던 것 같다. 연극을 관둔 엄마를 약 올린다는 유치하고 소심한 복수. 하지만 지금은…… 적어도 그런 사소한 이유는 아니다. 당신이 좋아하던 연극은 어쨌든 나한테 좋은 영향을 많이 줬다고 생각했다.

자석이라고 생각하면 쉬울까? 엄마랑 나는 마치 다른 극을 띠고 있어서 떼어내려 해도 떼어낼 수 없는 것 같은 기분이 들었다. 물론 나만의 생각일 수도 있지만.

그래서 엄마가 밉다가도 차마 그런 말들을 내뱉지 못한다. 날카로운 말을 던지지 못한다.

오늘은 희솔이와 뒷정리 당번이었다. 사실 연습을 거의 매일 하기 시작한 이후로 뒷정리의 의미가 없어져서 정말 간단하게 하고 가는 게 전부였다.

"넌 너희 부모님 부를 거야?"

희솔이는 말이 없었다. 아직 희솔이한테 부모님을 극장에 초대하는 건 무리였을까.

"올지 안 올지 모르겠어. 말은 해봤는데."

희솔이는 빗자루질을 몇 번 하다가 이쯤 하자고 손에 든 걸 구석에 던졌다.

"그럼 너는? 너는 누구 오는 사람 있어?"

"사실……."

나는 말을 하려다 입술을 질끈 깨물었다. 희솔이 앞에서 엄마에 대해 얘기해도 될까? 나와는 전혀 다른 사정이지만, 가족이라는 틀을 달갑지 않게 생각하는 희솔이에게 엄마 얘기는 조금 기만일 것 같았다.

"어머님 부를지 말지 고민하는 거지?"

"어?"

"표정이 다 쓰여있는데, 지금 나한테 물어보는 것도 그렇고."

넌지시 던지는 질문에 나는 부정도, 긍정도 할 수 없었다. 맞는 말이긴 한데, 그렇다고 하고 싶지도, 아니라고 하고 싶지도 않았다.

"불러보지 그래? 이렇게 고민하는 거부터가 네 마음이 어디로 기울었는지 알 것 같은데."

이렇게 말하고 희솔이는 다 끝났으니 가자며 불을 꺼버렸다. 어둠 속에서 내 고민은 조금씩 확실해지는 것 같았다. 희솔이가 해준 말도 그렇고, 잘 모르겠던 내 마음도 감이 잡혀가는 기분이 들었다.

"이제 진짜 곧이네."

"응."

"긴장돼?"

"조금."

희솔이와 걸으며 한가지 생각에 잠겼다. 희솔이도 부모님과 잘 풀렸으면 좋겠다는 생각. 아까도 그렇지만, 그 가출 사건 이후로 가족 얘기만 꺼내면 애가 퉁명스러워지는 감이 있었다.

"희솔아."

"응?"

"연출…… 파이팅."

"갑자기 웬 파이팅. 너도 파이팅해. 긴장하지 말고."

나는 부모님이 꼭 오셨으면 좋겠다고 말하려다 그쳤다. 오른손 주먹을 쥐고 소곤소곤 응원하는 모습이 우스꽝스러웠을까. 그래도 희솔이가 좋아하는 연극이 부모님에게도 잘 전달되었으면 하는 생각이 문득 떠올랐다.

*

다음날, 나는 통화기록 화면을 계속 만지작거리다가 엄마를 눌렀다. 통화하기 버튼만 누르면 엄마에게 바로 수신이 간다. 내가 먼저 연락을 걸어보는 건 처음이라, 기분이 이상했다. 숨을 크게 한 번 고르고, 버튼을 눌렀다.

"여보세요?"

목소리가 좀 이상했다. 엄마 목소리라기엔 너무 어린 목소리였다.

"누구세요?"

"문영 언니, 저 아영이에요."

아영이라는 말에 의아한 기분은 없어졌지만, 이 시간에 아영이가 엄마 대신에 받는 게 좀 이상했다. 엄마도 따로 직장이 있을 텐데, 한참 해가 떠 있는 시간에 왜 아영이가 대신 전화를 받을까.

"아영아, 혹시……."

나는 엄마는 어딨냐는 말을 하려다 '엄마'라는 단어가 어색하게 느껴져 말끝을 흐렸다. 하지만 아영이가 금세 눈치채주었다.

"엄마 찾는 거죠? 제가 병원 주소 알려드릴 테니깐. 여기로 오세요."

"병원? 그게 무슨 소리야?"

"엄마…… 좀 아프세요."

예기치 못한 소식에 추위가 몸 구석구석에 퍼지는 기분이 들었다. 창밖엔 진눈깨비가 옅게 흩날리고 있었다.

＃12
진눈깨비

12

먼지인지 눈인지 모를 하얀 것들이, 하늘에서 우수수 쏟아진다. 귓가에 한 방울, 이마에 한 방울. 닿자마자 사르르 녹아내린다. 그러거나 말거나 난 신경도 안 쓰고 달렸다. 터미널에서 표를 끊고, 기다리기까지 15분. 바로 옆 지역이라 가는 덴 40분 정도가 걸렸다. 초조함에 다리가 계속 떨려왔다. 누가 보면 추워서 제 몸도 못 가누는 것처럼 덜덜 떨었다.

버스는 빙판길인지 뭔지 때문에, 느린 속도를 유지했다. 창밖의 진눈깨비가 사선이 아니라 수직으로 내릴 정도로 천천히. 유독 차가 막혔다. 사고라도 난 걸까?

"학생, 무슨 일 있어? 왜 이렇게 떨어. 아픈 거 아니제?"

옆에 앉아있던 할머니가 물었다. 내가 다리를 떠는 탓에 할머니 보따리를 계속 톡톡 건드리니 조금 신경이 쓰이셨나 보다.

"아, 아니에요. 괜찮아요."

나는 다리 떠는 걸 멈춰보고자 심호흡을 크게 해 보았다. 진정하자는 마음으로 크게 들이마셨다가 내쉬기를 몇 번 반복했다. 진눈깨비는 여전히 옅게 흩날리고 있었다.

병원은 꽤 컸다. 입구에 하얀 환자복을 입은 사람들이 하나, 둘 보이자 정말 엄마가 아프다는 사실이 체감됐다.

난 곧장 엘리베이터를 탔다. 아영이가 알려준 병실로 향했다. 7층 703호. 7층에 도착하자 보인 광경은 조용한 입원 병동이었다. 나는 침을 꿀꺽 삼키고 703호를 찾아 조용히 발걸음을 옮겼다.

"문영 언니."

아영이가 복도 정수기에서 물을 받고 있었다.

"이쪽이에요. 들어와요."

아영이가 손짓하는 곳으로 홀린 듯이 따라나섰다. 들어가 보니, 3인실이었다. 티비는 배경음처럼 켜져 있고 아무도 보지 않는 것 같았다. 아영이가 커튼을 열고 들어가니, 엄마가 누워있었다.

"문영이 왔니?"

"어떻게 된 거예요?"

나는 떨리는 목소리로 물었다. 엄마가 반가운 얼굴을 보였지만, 눈에 전혀 들어오지 않았다.

"별거 아니야. 그냥 간단한 수술만 하면 돼."

"수술?"

내가 날카로운 목소리로 답했다.

"아이고, 너무 걱정한다. 진짜 별일 아니야. 걱정하지 마, 문영아. 응?"

엄마가 안심하라는 듯 손을 휘이휘이 저었다. 나는 머리가 식어가는 기분이 들었다. 기분이 멍했다. 갑자기 수술이라니. 대체 무슨 병인 걸까. 정말 별일 아닌 걸까? 아니면 내가 엄마를 미워하는 마음이 똘똘 뭉쳐 만들어낸 게 이런 결과인 걸까? 별의별 생각이 들던 와중 옆에 놓인 하얀 무언가가 눈에 들어왔다.

"이건……."

"아, 그거. 아영이한테 부탁해서 사 왔어. 엄마가 제일 좋아하는 꽃이잖니."

그러고 보니 근처에 꽃집 같은 게 보이긴 했다. 그런데 꽃다발도 아니고 무슨 프로포즈용인 것처럼 딱 한 송이만 비닐에 포장되어 있는 게 좀 그랬다.

"이거 말고 다른 향 좋고, 화려한 꽃도 많은데……."

손에 쥔 하얀 수선화를 보며 중얼거렸다. 왜 하필 이 꽃을 그렇게나 좋아하는지. 그런 생각을 하며 꽃잎을 조심히 쥐었다.

"이게 제일 좋으니까."

엄마가 내 혼잣말에 답했다. 그러니까 대체 왜? 나는 혼란스러운 기분과 함께 조용히 병실을 나왔다. 그러자 아영이도 따라 나왔다.

"정말 별거 아닌 거 맞지?"

196

"몇 달 전부터 소화가 안 된다곤 하셨는데, 검사해 보니깐 위에 혹 같은 게 있었대요. 그래서 그거 떼어내는 수술……."

아영이는 말하다가 머뭇거렸다.

"혹시 암 같은 건 아니지?"

"그런 건 아니랬어요. 너무 걱정하지 마요."

하지만 아영이의 눈가도 약간 붉게 보였다. 생각해 보면 아영이도 어린 나이에 놀랐을 텐데, 무덤덤하게 말하는 게 참 성숙해 보였다.

"혹시……."

아영이가 말을 하다가 말길래, 나는 무엇 때문에 그러냐고 물었다 .

"혹시 아빠…… 한테도 말했어요?"

"아니, 아직. 나도 급하게 오느라 못했어."

"그럼, 말하지 말아 주세요. 엄마가 뭘 이 정도로 말하냐고 그랬거든요."

"응. 알겠어."

나는 고개를 작게 끄덕이고는 돌아가려고 몸을 틀었다. 그때 문득 아영이한테 묻고 싶은 게 떠올랐다. 넌 아빠가 보고 싶지 않은 건지에 대한 질문.

"저, 아영아."

"네?"

내가 돌아가려던 길에 아영이를 붙잡았다. 아영이는 당황한 눈치였지만, 나는 개의치 않고 입을 열었다.

"혹시, 넌 아빠 안 보고 싶어?"

이렇게 물어놓고 아빠와 만남을 주선할 것도 아니면서. 무책임하게 말을 꺼낸 것 같았다. 하지만 난 열여덟의 아영이가 어떤 생각을 하고 있는지 궁금했다. 그래서 성큼성큼 다가와 물은 것이다.

"보고…… 싶죠. 왜 안 보고 싶겠어요, 아빤데. 엄마가 언니도 저도 똑같이 사랑하는 것처럼, 아빠도 마찬가지일 거라 믿어요. 그냥 그때 상황이 너무 안 맞았던 거뿐이라고…… 그렇게 생각하고 있어요."

아영이가 시선을 내린 채로 말했다. 눈가가 조금 촉촉해 보였다.

"그래서 저도 스무 살 되면 아빠 찾아가 보려고요."

아영이가 내린 시선을 치켜들더니 나를 똑바로 보고 말했다. 그때 찾아갈 테니깐 기대하라는 눈빛이었다. 이런 당돌함에 나도 모르게 웃음이 피식 나와 입을 가렸다. 나한텐 이런 용기도 이해도 없던 것 같았는데. 아영이는 참 잘 자라주었다. 예쁘게, 당돌하게.

*

돌아가는 길은 좀 추웠다. 눈은 여전히 먼지처럼 천천히 내리고 있었다. 멍한 기분으로 창밖만 바라보았다.

핸드폰이 울려서 확인해 보니 오늘은 포스터를 붙인다고 한다. 두 명씩 짝지어서 붙일 거라고, 대표님이 임의로 짝을 지정했다.

나는 대표님과 짝이었다. 대표님이 차가 있기도 하고, 마침 학교 근처 인쇄소에서 포스터를 받아와야 한다고 나와 같이 움직이기로 했다.

　"문영 씨, 여기요."

　대표님이 포스터를 한 무더기 든 채로 서 있었다. 채림 언니도 차가 있어서 이미 몇 장 가져가고 남은 분량이었다. 희솔이, 아라, 현진이는 채림 언니 차를 타고 다른 곳에 붙이러 간 상태였다.

　"가시죠."

　눈이 엷게 내려서 우산을 쓰기가 참 애매했다. 게다가 손에 짐이 가득해서 우산을 들 여유는 없었다.

　"이 학교 전체에 싹 다 붙이고 문영 씨는 쉬세요. 기숙사 살죠?"

　"네."

　나는 포스터가 눈에 젖을까 싶어 최대한 꽉 끌어안았다. 그나저나 우리 학교 좀 넓은데. 싹 다 붙이려면 시간이 제법 걸릴 것 같았다.

　우리는 코와 귀 끝이 빨개 질만큼 돌아다녔다. 걸으면 걸을수록 바닥이 쑥 꺼지는 기분이 들었다. 천천히 떨어지는 눈을 보고 있으니, 이상하게 아까 만지작거렸던 수선화가 떠올랐다. 엄마가 좋아하는 하얀 수선화. 검지와 엄지 손끝을 코에 가져다 대었다. 향기가 남아있을까. 하지만 날이 추워서인지 향 같은 건 느껴지지 않았다. 추운 겨울의 공기만이 코끝에 머무를 뿐이었다.

"문영 씨. 이제 곧 있으면 진짜 무대에 서는데, 기분이 어때요?"

"기분이요?"

나는 한참을 고민하다가, 대표님이 무안해진 건 아닐까 싶어 고개를 돌렸다.

"너무 긴장하지 마요. 즐기면 되죠."

나는 그 말에 동감한다는 듯이 고개를 끄덕였다. 하지만 마음은 그렇지 않았다. 긴장과 별개로, 이런저런 이유가 날 혼란스럽게 했다.

"대표님은……."

"네?"

나는 이 질문을 해도 될지 망설이다가 그냥 입을 열었다.

"대표님은 담장이 그만하고 싶은 적, 없었어요……?"

나도 모르는 새에 엄마가 자꾸 아른거렸다. 영원한 건 없어. 엄마도 어느새 나이를 먹어 병원 신세를 지고 있었다. 별거 아니라곤 했지만, 평생토록 건강한 마법은 존재하지 않았다. 엄마도 평생 연극을 할 줄 알았지만 관뒀고. 엄마랑 평생 같이 있을 줄 알았던 어린 나는 먼 과거가 돼버렸다.

"음……."

대표님은 내 말에 잠시 고민했다.

"없다고 하면 거짓말이죠. 힘든 적도 많았고요."

"그래요?"

나는 한숨을 푹 쉬며 잠시 건물 안에서 쉬었다가 붙이자고 했다. 찬바람을 계속 맞으니, 기분이 멍했다. 얼굴이 얼얼했다.

방학이어도 문은 열려있길래, 우리는 조용히 들어가 낡은 나무 의자에 앉았다. 쿠션도 없어서 불편했지만, 당장 보이는 의자가 이것뿐이라 짐들을 바닥에 툭 내려두고 앉았다.

"근데 문영 씨, 왜요? 이번 연극 끝나면 담장이 관두게요?"

"네?"

"아까 그만하고 싶은 적 없냐고 묻길래요."

대표님이 다리 한쪽을 꼬고 나를 물끄러미 쳐다보았다. 나는 시선이 부담스러워 고개를 돌렸다. 관둘 생각으로 물어본 건 아니었는데. 나는 무릎을 꽉 쥐다가 고개를 돌려 대표님을 뚜렷이 보았다.

"그런 건 아니에요. 그냥 무슨 원동력으로 꾸준히 하시는가 싶어서……."

나는 다시 한번 엄마를 떠올렸다. 병원 침대에 누워 별거 아니라고 말하던 엄마의 얼굴은 꽤 창백했다. 반짝임, 열정. 그런 것이 전혀 보이지 않았다. 아니, 사실 연극을 그만두었다고 말한 순간부터 그랬던 것 같다.

"문영 씨, 되게 고민 많으신가 보다. 하하."

"네? 아, 아니에요……!"

나는 호탕하게 웃는 목소리에 괜히 부끄러워져 고개를 푹 숙였다.

"음, 사실 문영 씨 들어오기 전에 많은 친구들이 탈퇴했어요. 어떤 친구는 취업 때문에 시간이 안 돼서. 어떤 친구는 이쪽 길로 먹고살긴 힘들 것 같아서. 그런 이유로."

대표님이 갑자기 말을 이어가길래, 곁눈질로 옆을 힐끗힐끗 보았다.

"솔직히 제 마음에선 담장이도 프로 극단이 되길 지향하고 있는데, 이렇게 나가버리면 많이 곤란하긴 했죠. 의욕도 떨어지고."

프로 극단까지 생각하고 계셨구나. 나는 고개를 끄덕거리며 대표님이 하는 말을 잠자코 들었다.

"근데, 책임을 지는 자리가 되니깐 다르더라고요. 애초에 전 연극을 도전하는 허들을 낮춰보고 싶어서 담장이를 만든 거라, 그냥 더 노력해야겠다고 생각했을 뿐이에요. 이게 원동력이라면 원동력이고요."

대표님은 포스터를 마저 붙이자며, 짐을 주섬주섬 줍고 일어섰다. 나도 바닥에 내려둔 짐을 하나, 둘 주웠다. 나가보니, 눈은 그쳐서 조금 나았다. 아깐 어깨고 정수리고 눈이 자꾸 쌓여서 짜증 났었는데.

얼마나 됐다고 보도블럭 위엔 눈이 얇게 쌓여있었다. 조금 힘을 주어 밟으면 뽀도독 소리가 났다. 어릴 땐 엄마랑 이렇게 놀았었는데. 엄마는 날 떠나서 원동력을 잃은 걸까, 뚜렷한 목표가 없어서 원동력을 잃은 걸까? 날 떠나기로 했으면, 하던 연극이라도 제대로 했어야지. 나는 갑자기 엄마가 미워졌다. 엄마에겐 목표가 없던 걸까? 힘든 상황에도 의지를 내세울 뚜렷한 목표가? 만약 그런 거라면 참 안타까운 일이다. 엄마의 열정은 참 하였으니까.

13

하얀 눈이 내려올 때면

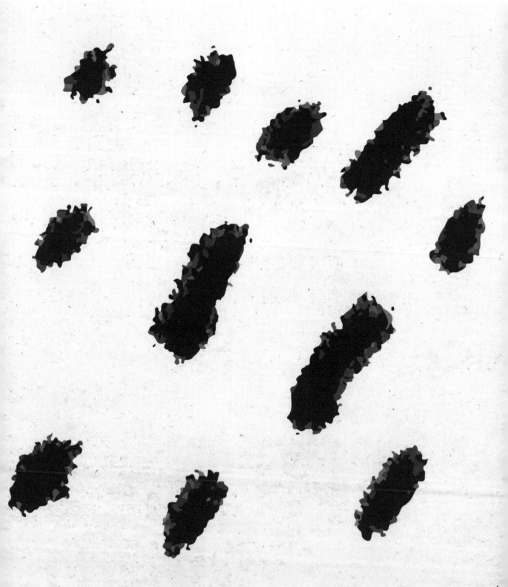

13

　일주일이 흘렀다. 벌써 연극 하루 전날이었다. 낮부터 만나서 몇 번이고 런쓰루를 반복했다. 이젠 입에 붙어서 지겨울 정도였지만, 그래도 계속 반복했다.

　아영이한테 연락이 왔다. 엄마 수술이 오늘이라고. 끝나면 연락해 주겠다고. 나는 찾아가 볼 지 생각도 했지만, 하필 오늘이 연극 하루 전날이라 빠질 수가 없었다. 그래서 무미건조하게 알겠다는 답변만 보낸 뒤, 연습에 임했다.

　나는 뭐랄까, 좀 혼란스러웠던 것 같다. 조명이 너무 강한 탓일까. 하루 전날이라 직접 소극장에 가서 세팅을 다 하고 런쓰루를 도는데, 머리가 어지러웠다. 저번과 비슷한 느낌이었다. 엄마가 여행 숙소에서 사과를 건넬 때와 같은 느낌. 얼굴이 창백해지고 피가 쏙 빠진 기분에 현기증이 났다.

"문영, 어디 안 좋아? 체했어?"

내 연기를 가만히 보던 희솔이는 잠시 나를 따로 빼내었다. 나는 허우적허우적 희솔이한테 뭐라 말했지만, 잘 전달이 안 된 것 같았다. 정신을 다른 곳에 놓고 온 게 분명했다.

"잠시 쉬어. 너 상태 되게 안 좋아 보인다."

채림 언니도 성큼 다가오더니 내 이마를 한 번 짚고는 나를 의자에 앉혔다.

"열은 없는데……."

"일단 릴리 없이 진행해요. 라파엘라랑 카르멘 감정선 위주로."

희솔이의 말에 채림 언니는 알겠다고 하고 돌아갔다. 나는 멀어지는 언니의 뒷모습을 보다가 이내 고개를 숙이고 내 꼴을 살폈다. 열심히 연습했고, 드디어 내일이 기대하던 언극 날인데, 지금 나는 왜 이럴까.

잠깐 졸았던 것 같다. 수면 부족이 원인이었을까, 졸고 일어나니 개운한 기분이 들어 상쾌했다. 그래서 기지개를 켜려는데 옆에 누군가 앉아있는 기분이 들었다.

"일어났네? 괜찮아?"

아라가 내 머리를 어깨로 받쳐주고 있었다. 나는 화들짝 놀라 머리를 들고선 미안하다고 고갤 숙였다. 아라는 신경 쓰지 말라며 손사래를 쳤다.

"근데…… 그건 뭐야?"

나는 아라의 손에 들려 있는 하얀 꽃 하나를 유심히 보았다.

저건 갑자기 왜 들고 있는 걸까. 연극 소품인 걸까? 기억을 천천히 되짚어보던 때, 아라가 손가락을 팅겼다.

"에이, 라파엘라가 카르멘한테 꽃 주는 씬 있잖아. 그때 쓸 소품이야."

"아, 맞다. 그랬지……."

나는 이렇게 연습하고도 기억 못 하는 장면이 있다는 게 참 놀라웠다. 역시 연습을 더 해야겠다. 분명 무대에 올라서면 머리가 백지장이 되어 아무 말도 못 할지 모른다.

"연습 다시 할 수 있겠어? 힘들면 좀 더 쉬고."

"아냐. 잠깐 졸았더니 괜찮아졌어."

분명 요 며칠 잠을 제대로 못 잔 채로 살았던 게 문제였을 거야. 신경 쓰이는 게 너무 많았다. 연극도 그렇고, 엄마도 그렇고.

아라가 현진이에게 꽃을 건넸다. 현진이랑 채림 언니는 내가 조는 동안 연습을 많이 해서 잠깐 쉰다고 했다. 두 사람이 쉬면 나도 쉴 수밖에 없었다. 현진이는 꽃을 건네는 장면을 마지막으로 연습하고 10분 정도 휴식 시간을 갖겠다고 했다.

나는 현진이의 시선에 걸릴까 싶어 무대 뒤편 천막으로 몸을 가렸다. 눈만 살짝 보이게끔 얼굴을 내밀고 두 사람의 연기를 지켜보기로 했다.

"카르멘. 자, 잘 지냈어요?"

라파엘라가 쑥스러운 듯 카르멘 앞에 섰다. 눈도 제대로 못 마주치는 모양새가 좀 웃겼다.

"그럼요. 라파엘라는요? 잘 지냈어요?"

"저는 뭐, 그냥 일하고. 그랬죠······."

목소리가 기어들어 갔다. 현진이는 하얀 꽃 한 송이를 쥔 왼손을 등 뒤로 숨겨버렸다. 오른손으론 이 상황이 어색하다는 것처럼 얼굴을 쓸어내린다.

"저, 이거······."

"우와! 이거 뭐예요?"

현진이가 숨겨둔 왼손을 꺼내며 하얀 꽃을 카르멘에게 건넸다.

"저번에 눈 좋아한다고 해서······ 눈은 안 오지만 이걸로라도."

"고마워요. 예쁘네요."

"그렇죠? 제일 예쁘고 비싼 걸로 산 거거든요."

라파엘라는 만족하는 카르멘의 얼굴에 기쁘나는 듯이 주저리주저리 입을 열었다. 카르멘은 잠자코 그 얘기들을 듣다가 씩 웃더니 답했다.

"아뇨 꽃도 예쁘지만, 당신 마음이요."

나는 이 대사에 불현듯 익숙한 기시감이 밀려 들어오기 시작했다. 분명 처음 듣는 얘기가 아니었다. 갑자기 또 혼란스러운 기분이 들었다. 머릿속에서 먹구름이 가득 낀 얼굴 하나가 내게 같은 말을 반복했다. 방금 카르멘이 뱉은 대사와 비슷한 무언가를. 떠오를 듯 말 듯한 기억에 머리를 쥐어 잡고 인상을 쓰고 있던 그때.

"고마워, 우리 딸. 우리 딸 마음씨가 최고다. 최고."

잊고 있던 기억 조각 하나가 머릿속을 강하게 강타했다.

*

　어릴 적엔 겨울이 되면 눈이 펑펑 쏟아졌다. 지금은 이사를 간 나머지, 그 동네에 살진 않지만, 그곳은 유독 눈이 많이 내리는 지역이었다. 내가 밖을 나돌다가 온몸에 눈을 묻힌 채 뻔뻔하게 들어오면, 엄마는 아무 소리 않고 내 몸에 붙은 눈을 털어주었다.

　나는 코끝에 닿는 차가운 바람이 참 좋았다. 상쾌하고, 시원하고. 그럼 난 겨울이 좋았던 걸까? 아무리 생각해도 그건 아니었다. 춥기만 한 겨울은 매력이 없었다. 눈으로 뒤덮인 새하얀 세상이 재밌었다. 눈을 하늘에 있는 힘껏 뿌렸을 때 흩날리는 하얀 먼지들이 예뻤다. 새하얀 도화지에 그림을 그리는 것처럼 나만의 자국을 남기는 게 즐거웠다.

　눈이 많이 쌓이면 동네 친구들과 눈싸움했다. 눈이 많이 내리니깐, 눈으로 벽 같은 것도 세울 수 있었고 엄청 커다란 눈덩이를 던질 수도 있었다. 나는 손이 빨랐던 건지 눈을 잘 다뤘던 건진 모르겠지만, 나와 팀이 된 아이들은 항상 만족스럽게 이 싸움에서 승리하고 갔다. 어차피 재미로 하는 건데 뭐. 진 아이들이건, 이긴 아이들이건 끝엔 신이 나게 웃고 자기 집으로 돌아갔다.

　그러다 누군가 괘씸한 장난을 쳤다. 눈에 작은 돌을 집어넣어 던진 것이다. 불운하게도 나는 그 눈덩이를 맞았고, 이마가 작게 찢어졌다. 피도 조금 흘렀다. 하얀 눈에 붉은 점이 하나,

둘 생겨났다.

아빠는 소리를 바락바락 질렀다. 엄마도 따졌다. 돌을 집어넣은 애의 부모님은 죄송하다고 고개를 계속 숙였다. 나는 그렇게 아프지 않다고, 멀쩡하다고 말하려 했지만, 엄마랑 아빠는 꽤 흥분해 있었다. 하지만 이상하게도 그 상황이 기분 나쁘진 않았다. 그만큼 날 아끼고 사랑하니깐, 이렇게 화를 내는 거겠지. 그렇게 생각했다.

하지만 집으로 돌아오니, 분위기는 이상했다. 아빠는 흥분이 가시지 않은 건지 대뜸 엄마에게 무어라 막 쏟아내기 시작했다. 엄마도 마찬가지였다. 아빠가 내뱉는 말에 맞추어 따지기 시작했다. 아마 나는 그 소란스러움이 싫어서, 울었던 것 같다. 내가 엉엉 우니깐 그제야 서로에게 지르던 윽박을 멈추었다.

한동안 나는 눈싸움하러 나가지 않았다. 동네 친구들이 눈싸움하자고 몇 번 찾아왔던 것 같은데, 나는 이불 속에 틀어박혀 무시했다. 따뜻한 공기도 제법 좋았다. 엄마가 해주던 팥죽은 영 별로였지만, 그래도 이 따스한 공간에서 흐느적거리는 것도 나쁘진 않았다.

그 후로도 가끔, 아니 좀 자주. 집에선 소란함이 계속되었다. 나는 처음엔 그 소란스러움에 가슴이 두근거리고 숨이 가빠지는 감각을 느꼈지만, 어느새 익숙해져 있었다. 또 싸우는구나. 나는 좀 어지러운 머리를 붙잡고 방으로 들어가 소란함이 가라앉을 때까지 숨죽이고 있었다. 그러고 있을 때마다 들었던 생각은 사실 내가 있어서 엄마, 아빠가 싸우는 건 아닐까? 였다. 왜, 돌멩이를 넣은 눈에 맞고도 싸운 건 매한가지였고 나는 둘이 좀 다정하게 있는 꼴을 못 봤던 것 같다.

"문영아, 눈 오는데. 안 나가?"

어느 순간부턴 엄마나 아빠, 둘 중 한 명이 이런 식으로 물었었다. 내가 너무 집에만 있어서 그런 걸까? 아니면 또 돌멩이를 맞고 오길 바라는 걸지도 모르지. 그러면 서로 싸울 구실이 생길 테니까. 그래서 나는 기운 빠진 목소리로 '안 나갈래요…….' 라고 말한 다음, 따뜻한 이불 속으로 몸을 파고들었다.

"문영아, 가자. 엄마랑 눈싸움하러."

엄마가 방문을 확 열어젖히더니, 목도리와 두꺼운 패딩을 입히고 나를 질질 끌고 나왔다. 오랜만에 맞는 찬 공기였다. 나는 금세 코를 훌쩍이기 시작했다.

"문영아 눈이야, 눈."

엄마는 내 위로 눈을 흩뿌리며 환하게 웃어 보였지만, 나는 무덤덤했다. 하얀 눈이 재미없게 다가왔다.

"문영아."

엄마는 내 시선에 맞추어 쪼그려 앉았다.

"엄마랑 아빠가 요새 계속 싸웠지. 소리 지르고. 그러면 안 되는 건데. 미안해, 우리 딸."

나는 그 말에 이유는 모르겠지만, 울었다. 너무 추워서 눈물이 나온 걸까? 나는 우는 걸 들키고 싶지 않아 눈 속으로 파고들었다. 볼에 닿는 감각이 차가웠다. 그것 때문에 눈물이 쏙 들어갔다. 엄마는 뭐 하는 거냐며 나를 일으켜 세웠다. 나는 울음이 가득 담긴 목소리로 이렇게 말했다.

"엄마, 아빠. 싸우지 마요. 무서워요……."

그날 이후로 엄마는 눈이 내리면 내게 밖에 나가서 놀자고 했다. 엄마랑 같이 눈싸움도 하고, 바닥에 드러눕기도 하고. 그런 것들을 하니 나는 다시 눈이 좋아졌다. 정확히는 엄마와 함께하는 놀이가 즐거웠다. 엄마도 분명 눈을 좋아하는 거겠지? 그렇지 않고서야 이렇게 매번 나와 놀 리가 없다. 나는 활기찬 얼굴로 있는 힘껏 눈을 흩뿌렸다.

다툼이 줄어들었냐고 하면, 별로 그렇진 않았다. 물론 내가 보는 앞에서 싸우는 모습은 많이 줄었다. 그래도 가끔 늦은 밤이니 내가 잠시 땐청을 피울 때, 그랬던 것 같다.

"우리 문영이는 하고 싶은 거 없어?"

내가 자려고 누워있을 때면, 엄마가 다가와선 손끝으로 머리를 쓸어 넘기곤 했다. 나는 그 간지러움이 좋아서 엄마가 뭐라고 물어보든 잠자코 듣기만 했다.

"문영아, 하고 싶은 게 있으면, 한 번쯤 해보는 것도 좋아. 하고 싶은 것만 하고 살 순 없지만, 남한테 피해 끼치지만 않으면 못 할 이유가 뭐 있겠니."

나는 엄마가 나를 두고 얘기하는 게 아니라 다른 누군가에게 얘기하는 느낌을 받았지만, 그냥 알겠다는 의미로 고개만 끄덕였다. 사실 내가 하고 싶은 건 엄마랑 같이 놀고, 이렇게 붙어있는 건데. 이걸 말하려다 입을 다물었다. 내 머리를 쓸어 넘기는 엄마의 표정은 조금, 힘들어 보였다.

엄마는 연극을 무척 좋아하는 것 같았다. 아빠는 어땠는진 모르지만, 난 엄마가 연극을 좋아하는 모습도 사랑했다. 솔직히 난 아빠보다 엄마가 더 좋았다. 아빠는 늘 피곤한 얼굴에, 가끔 날 따뜻하게 안아주긴 하지만 거리감이 있었다. 어색했다.

아빠랑 같이 연극을 보러 갔었다. 엄마의 연극이었는데, 아영이는 할머니 댁에 맡겨두고 둘이 보러 갔었다. 아빠는 키가 컸다. 그래서 내가 아빠의 얼굴을 보려면 목이 아플 때까지 고개를 들어야 했다. 그래서 어떤 표정을 하고 있는지 알기가 힘들었다. 그래도 기대하고 있겠지? 엄마가 나오는 첫 연극이니까!
엄마는 나오지 않았다. 아, 그제야 엄마가 배우가 아니라 이야기를 쓰는 사람이란 걸 알게 되었다. 이런 직업을 작가라고 불렀다. 엄마의 성은 김씨여서 공연이 끝나고 남은 극단 사람들이 김 작가님 수고했다고 칭찬을 아끼지 않았다.

엄마, 아빠의 사이는 다시 안 좋아지는 것처럼 보였다. 이제 좀 싸우는 횟수가 줄어드는가 싶었더니, 또다시 내가 보는 앞에서 서로에게 윽박지르기 시작했다.
나는 가슴이 두근거리는 느낌이 들었지만, 금세 차분해졌다. 엄마, 아빠의 사이가 안 좋아진 건 아쉽지만, 원래 이래서 그런지 당황스럽진 않았던 것 같다. 나는 여느 때와 같이 방 안에서 이불을 뒤집어쓰고 소란함이 잠잠해지길 기다렸다. 그러길 기다리다가 잠들 참이었는데, 갑자기 화장실이 가고 싶어졌다. 나는 방문에 귀를 바싹 붙여 바깥에서 들리는 소리에 집중했다. 고요했다. 이 정도면 말다툼은 끝났겠거니, 싶었다. 그래서 방문을 벌컥 열고 화장실로 가려던 참이었다.

엄마가 거실 한가운데서 우두커니 앉아있었다. 나는 화장실 가려던 것도 잊고 차갑게 앉아있는 엄마의 뒷모습에 가까이 다가갔다. 미세한 떨림이었지만, 엄마의 어깨는 바르르 떨리고 있었다. 그리고 코를 훌쩍이는 소리가 작게 들렸다.

나는 깜짝 놀라 방으로 뛰어 들어왔다. 저런 모습의 엄마를 처음 봐서 놀란 걸까? 내 심장은 엄마, 아빠가 싸울 때보다 더 현란하게 뛰고 있었다. 진정이 안 됐다. 호흡이 가빠졌다. 엄마가 울고 있다는 사실에 나도 눈물이 날 것 같으면서도 문득, 엄마를 기쁘게 해주고 싶다는 생각이 들었다. 엄마랑 있으면 행복했으니까.

나는 장갑에, 목도리에, 패딩에 입을 수 있는 것들은 바리바리 다 입고 밖으로 나왔다. 밖은 매섭게 추웠다. 내렸던 눈은 그치고 녹아서 도롯가에 희끗희끗한 무언가가 남아있었다. 큰일이었다. 나는 엄마에게 눈을 가져다 보여줄 생각이었는데, 눈이 없다. 기분이 안 좋을 땐, 좋아하는 걸 보면 기분이 좋아졌으니깐. 엄마도 눈을 좋아하니깐. 그래서 눈을 하트 모양으로 잘 만들어 보여줄 생각이었는데.

그렇게 집 주변을 주욱 거닐었다. 눈이 없으면 난 무얼 보여줘야 하지? 나는 고민했다. 그렇게 고민하며 걷다가 냇가에 핀 하얀 꽃송이들을 보았다. 물가에서 위태롭게 흔들리는 꽃잎이 신비로운 것 같으면서도 문득, 저 꽃이 눈을 닮아 있는 것 같다고 생각했다. 저거다. 저거면 엄마의 기분을 좋게 할 수 있겠지.

나는 그 하얀 꽃들을 한 아름 뜯어 소중히 집으로 가져갔다. 흙먼지가 집에 떨어질까 봐 열심히 털어서 가져갔다. 해는 어느새 뉘엿뉘엿 저물어가고 있었다. 하늘은 노랬다.

"문영아, 어디 갔다 오니?"

엄마가 물 묻은 손을 앞치마에 닦으며 물었다. 저녁 준비를 하고 있었나 보다. 나는 등 뒤에 숨긴 하얀 꽃들을 엄마 눈앞으로 들이밀었다. 엄마가 무슨 반응을 보일지 기대되었다.

"이게 뭐야?"

"눈을 보여주려고 했는데, 다 녹아서…… 눈처럼 생긴 꽃을 가져왔어요! 엄마, 울지 마요……."

엄마는 당황한 기색을 보이더니 얼굴을 가리고 주저앉았다. 내가 생각한 반응이 아니어서 당황했지만, 엄마는 나를 꼭 안아주며 말했다.

"고마워, 우리 딸. 우리 딸 마음씨가 최고다. 최고."

나는 엄마가 행복하기를 바랐다. 오래오래. 그 이름 모를 꽃을 보여주었을 때가 그랬다.

14
당신이 좋아하던

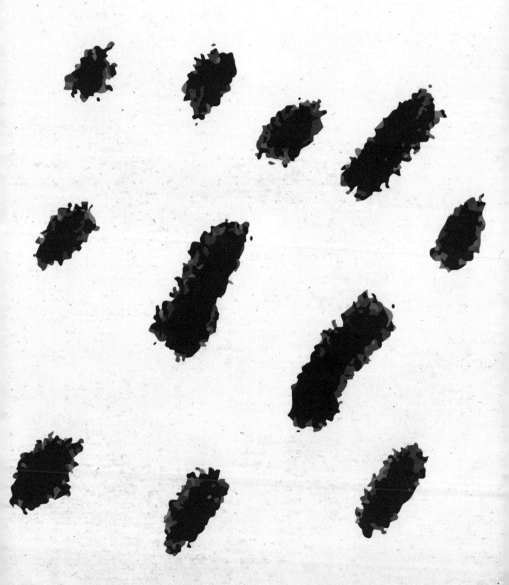

14

　찬 바람을 쐬러 잠시 밖에 나왔다. 극장 옆엔 작은 공원이 하나 있었다. 마침 공원 벤치에 눈이 안 쌓여있길래 털썩 앉았다. 입가에선 희뿌연 연기가 피어올랐다. 머리 위로 내려온 나뭇가지엔 눈꽃이 피어있다. 새하얀 눈꽃이.

　"여기서 뭐 해?"

　현진이의 목소리였다. 나는 고개를 돌려 현진이를 바라보았다.

　"대표님이 붕어빵 사 왔어. 들어와서 먹어. 추운데 왜 여기서 이러고 있어."

　나는 좀 혼란스러웠다. 저 좁은 극장에 있다간 머리가 터질 것 같은 기분이 들었다. 엄마에게 미안했다가, 미워했다. 엄마를 사랑했다가, 사라졌으면 좋겠다고 생각했다. 오르락내리락

롤러코스터처럼 가슴이 술렁였다. 아영이한테 수술은 잘 된 거냐고 물어봐야 하는데. 그래야 하는데.

"진짜 무슨 일 있어? 아까도 안색 안 좋더만."

현진이는 어느새 내 앞에 쪼그려 앉아 나를 올려다보고 있었다. 나는 문득 이 애가 심리 상담 동의서를 건넬 때의 순간이 떠올랐다. 그땐 잠결에 앉아있던 내가 서 있던 너를 올려다봤는데.

"현진아……."

"응. 말해."

나는 입술을 옴짝달싹하며 머뭇거렸다. 엄마에 대한 이야기는 오롯이 희솔이만 알고 있었다. 자랑스럽게 떠벌리고 다닐 얘기두 아니었고, 내 사정을 주위가 다 알고 있으면 내 행동 하나하나에 족쇄가 걸릴 거라고 생각했다. 내가 무슨 실수를 한다면, 쟤는 엄마 없이 자라서 저러는 거다, 같은 말들. 그래서 쉽게 꺼내지 않는 얘기인데. 그랬는데.

"난…… 엄마가 미워."

눈이 문제였던 거다. 나뭇가지 사이사이에 쌓인 눈꽃이 너무 아름다운 게 문제였던 거다. 입에서 피어나는 희뿌연 연기가 문제였던 거다.

나는 모든 얘기를 토하듯이 말했다. 말하다가 눈물이 차오르는 부분도 있었고, 악 소리를 지르고 싶던 부분도 있었다. 하지만 현진이는 덤덤하게 내 이야기를 끝까지 들어주었다. 나는 아무런 반응이 없어서 처음엔 고요한 허공에다 대고 외치는 기분이 들었지만, 나중엔 오히려 아무 반응도 해주지 않은 것이 참 고마웠다. 내가 내 감정을 조금 뚜렷이, 본 것 같았다.

"문영아."

현진이가 쪼그려 앉아있던 몸을 일으켜 세우더니 내 옆에 털썩 앉았다.

"내가 왜 널 극단에 들어오라고 했는지 알아?"

나는 난데없는 현진이의 말에 모르겠다며 고개를 저었다.

"넌 어떻게 생각하는지 모르겠지만, 옆에서 본 사람으로서는…… 좀 답답하게 느껴지는 면이 있어."

뜬금없는 앞담에 무어라 반박하고 싶었지만, 나는 말 할 거리가 생각나지 않았다. 현진이가 뭐라고 하는지 잠자코 듣기나 하자고 생각했다.

"뭔가 사정이 있는 것 같은데. 말 한마디만 해주면 이해를 해주든, 공감을 해주든 할 텐데. 가끔 우울한 표정을 보일 때 그랬거든."

"내가 그랬어?"

"응. 나만 그렇게 느꼈나? 좀 걱정스러워 보일 때가 많았어."

나는 괜히 내가 의식하지 못한 부분을 알아차렸다는 사실에 얼굴을 더듬거렸다. 내가 그렇게 슬픈 표정을 하고 있었을까?

"아무튼. 나도 입단하기 전엔 좀 힘들었거든. 열정만 넘치고 줏대가 없는 것 같아서."

애도 힘들기는 하는구나. 그 사실에 작게 놀라다가 현진이의 얘기를 귀 기울여 들었다.

"내가 쏟은 열정엔 명확한 목표가 없었어. 내 진심이 뭔지도

모르고 해보기만 급급했지. 그래서 하던 걸 포기하고 나면 맥이
쪽 빠지더라고."

이런 뒷사정이 있는 줄은 전혀 몰랐다. 그냥 관심사가 휙휙
바뀌고, 에너지가 넘쳐나니깐 쉽게 도전하는 줄 알았다.

"그런데 연극은…… 좀 달랐어. 캐릭터를 해석하고 연기하면
서 오히려 나를 돌아보고 생각하게 되더라고. 내 마음이 어떤지
알 것 같은 느낌?"

"네 마음?"

내 목소리는 어느새 잠겨있었다. 추워서 그런 건지, 울음이
나올 것 같아 그런 건지는 모르겠다.

"그래서 너도 들어올 수 있으면 들어오라고 한 거야. 네가 도
통 무슨 생각을 하는지 궁금하기도 했고, 결국 이렇게 네 애기
를 애기해줬잖아?"

나는 바들바들 떨리는 무릎을 붙잡으며 현진이를 보았다.

"그래서. 넌 내가 이렇게 애기만 해주면 끝인 거야?"

"그런 게 아니야. 한번 솔직해져 보라는 거야."

"뭐?"

"어머님을 미워하는 게 맞는지 말이야. 곰곰이 생각해 봐."

그러고 현진이는 춥다며 나보고 들어가자고 말했다. 나도 너
무 오래 밖에 있어서 멍한 기분이 들긴 했다. 손가락도 뻣뻣하
고, 얼굴도 얼얼했다.

나는 들어가던 도중 문자 하나를 받았다. 아영이의 문자였다.
「문영 언니. 엄마 수술은 잘 끝났어요. 너무 걱정하지 마
요.」

*

　드디어 연극 날이었다. 날은 여전히 춥고, 눈은 연하게 내리고 있었다. 그래도 이 정도면 차는 안 막히겠거니, 싶었다.

　이래 봬도 객석 예약은 가득 찼다고 들었다. 나는 무대에서 선 채로 객석을 주욱 훑어보았다. 이 비어있는 자리가 몇십 분 뒤, 내가 모르는 사람들로 가득 채워진다. 눈을 감고 가득 차 있는 객석을 마구 그렸다. 조명이 강해서 어떤 얼굴들인진 안 보였지만, 기대하고 있을 것처럼 보였다. 잘 해내자. 해왔던 대로, 연습한 대로.

　"문영! 마지막으로 빠르게 한 번 훑고, 이제 관객 받을 거야."

　희솔이가 관객석 뒤편에 있는 조명 제어실에서 날 불렀다. 나는 알겠다고 답하며, 의상엔 문제가 없는지를 살폈다. 검은 블라우스에 뭐라도 묻어있다간 금방 티가 날 게 분명했다.

　우린 마지막으로 빠르게 대사만 읽고 마무리했다. 입구에서 웅성거리는 소리가 들렸다. 대표님이 무대 뒤로 가는 문을 열어주어 그곳에 앉아 대기했다. 정말 시작인 건가? 몇 분 후면? 청심환이라도 먹고 올 걸 그랬나 보다. 심장 소리가 무척 크게 들렸다. 마치 귀 옆에서 누가 북이라도 치는 기분이었다.

　"현진이, 넌 이번이 두 번째니깐 긴장 안 되지?"

　"아뇨…… 저도 긴장되는 데요…….."

채림 언니가 현진이의 어깨를 붙잡았다.

"그래도 해왔던 연습을 믿어요. 잘 해봐요, 누나."

"휴, 그래. 난 또 네가 무대에서 벌벌 떠는 건 아닌가 했네."

둘의 대화에 작게 웃음이 터졌다. 얘는 정말 긴장되는 거 맞아? 능청스레 말하는 게, 마치 이 순간을 즐기고 있는 듯 보였다.

"문영아, 너도."

"응?"

"너도 긴장할 거 없어. 대사 하나 잊어먹는다고 극 흐름이 망가지는 건 아니니깐, 네가 했던 연습을 믿고 해."

언니가 저렇게 말하니깐, 나도 확신을 주고 싶었다. 열심히, 잘해보겠다는 확신.

"응! 하던 대로만 할게."

문 너머에서 대표님의 목소리가 들렸다. 뭐라고 얘기하는 건지 자세히 안 들렸지만, 아마도 앉아있는 관객들한테 짧은 소개를 하는 것 같았다.

"이제 10초 뒤에 들어가야 해요."

아라가 갑자기 등 뒤에서 나타났다. 순간 깜짝 놀라 소리를 지를 뻔했다. 이 탓에 바깥까지 들릴까 봐 입을 막았다.

"알았어. 라파엘라랑 릴리부터잖아. 준비해."

언니가 우리 둘을 문 앞으로 끌고 와 세웠다. 이제 이 문고리만 돌리면 정말 시작이다. 너무 떨려서 미칠 것 같았지만 현진이를 그리고 열심히 연습한 나를 믿어보자고 생각했다. 그리고 문고리를 돌렸다.

문을 열자 강한 조명이 나와 현진이를 반겼다. 조명 때문에 순간 표정이 일그러질 뻔했지만 참았다. 차분하게 걸어와 현진이는 의자에, 나는 그 옆에 섰다.

"릴리, 오늘은 어디 계획이라고 했지?"

"이곳이랑…… 이곳이요."

나는 들고 있던 종이 쪼가리를 가리키며 말했다. 적당한 그림을 그려 넣은 약도였다. 오히려 조명이 강한 탓에 관객석이 거의 안 보여서 좋았다. 팽팽한 긴장감이 느슨해져서 눈앞의 현진이에게만 집중되었다. 이제, 연극 시작이다.

첫 번째 내 파트가 끝나고, 난 아까와 다른 곳에서 연극을 지켜봤다. 아까는 문 때문에 상황이 어떻게 흘러가는지도 몰랐는데, 이곳에선 고개만 너무 내밀지 않으면 연극을 볼 수 있었다.

"문영아 잘했어. 이대로만 하면 될 것 같은데?"

내가 대기하는 곳엔 아라도 같이 있었다. 중간중간 내 화장이나 의상, 머리가 헝클어지진 않았는지를 꼼꼼하게 살펴줬다.

"괜찮은 거 맞겠지?"

"응! 완전 잘하고 있어. 최고야 최고."

아라가 소곤소곤 엄지를 치켜세웠다. 나는 아라의 칭찬에 괜히 기분이 좋아졌다. 엄마도 보러 왔으면 좋았으려나. 하지만 아쉽다는 생각이 들기 무섭게 곧바로 내가 나가야 할 타이밍이었다. 나는 다시 한번 옷을 다듬고 나갔다.

"왜 이렇게 다쳤어요. 조심 좀 해요, 진짜."

나는 현진이를 향해 차분하게 투정하듯이 말했다. 현진이는 헛기침하며 알겠다고 답했다.

이 부분도 그렇고 다른 부분에서도 가족다운 느낌이 안 산다는 피드백을 참 많이 받았다. 나는 그걸 떠올리며 엄마가 사고 치고 온 자식을 대하듯이 대사를 뱉었다. 괜찮았을까? 시선을 힐끗 돌려 반응을 보고 싶었지만, 아마 그렇게 하면 아주 티가 날 게 분명했다. 그냥 내 느낌이 잘 전달되었기를 빌며 라파엘라랑 또 몇 가지 대사를 주고받다가 들어왔다.

"후…… 어땠어?"

"좋아, 좋아. 너 릴리 좀 어렵다고 하지 않았어? 이젠 완벽한데?"

"그래?"

나는 쑥스러움에 고개를 숙였다. 그래도 내가 생각힌 느낌이 어느 정도는 맞았구나. 안도감에 한숨을 푹 쉬었다.

어느새 연극은 중반을 달리고 있었다. 다들 실수 없이 잘 진행되고 있어서 돌아올 때의 표정이 아주 좋았다. 이 분위기대로면 잘 마칠 수 있겠다 싶었다.

"우와! 이거 뭐예요?"

"저번에 눈 좋아한다고 해서…… 눈은 안 오지만 이걸로라도."

그래, 누군가를 사랑하면 저런 생각도 할 수 있는 거다. 내가 엄마에게 그랬듯이 말이다. 그 사람이 웃으면 좋을 것 같아서 온종일 주위를 맴돌고 뭐라도 찾는, 그런 행동들.

"고마워요. 예쁘네요."

"그렇죠? 제일 예쁘고 비싼 걸로 산 거거든요."

"아뇨 꽃도 예쁘지만, 당신 마음이요."

엄마도 내 마음씨가 최고라고 그랬던 것 같은데. 그러고 보면 엄마는 아직도 미련하게 그 꽃을 좋아한다고 했다. 하얀 수선화. 내가 건넸던 그 눈꽃과도 같은 꽃을.

"나는 당신 편이에요, 라파엘라."

나는 이 대사를 할 때부터 가슴이 미어지기 시작했다. 어쩌면 난 조금 외로웠을지도 모르겠다. 당연히 함께였던 내 일부가 떨어져 나갔으니 그럴 법도 했다.

그래서 미워하고 싶던 걸까? 외로움으로 채워진 시간을 보상받고 싶어서 그랬을까. 엄마가 정말 나쁜 사람이었으면 몰라도, 날 떠나기 전까지의 기억은 행복으로 가득 차 있었다. 이건 내가 엄마가 떠난 이유를 이성적으로 이해한다고 해결될 문제가 아니었다.

*

무대는 벌써 막바지였다. 조명이 너무 쨍해서 땀이 삐질삐질 흘렀다. 1시간가량 연기를 쏟아내니 덥고 습했다. 난 성공적으로 라파엘라를 떠났고, 이제 다시 와서 그의 용서를 받으면 된다. 이 장면만 하면 내 역할은 끝이다.

"릴리……! 네가 여긴 어떻게?"

나는 죄책감을 한껏 머금은 얼굴로 다가섰다. 나는 평소완 다르게 머뭇거리며 그에게 다가갔다. 불안한 마음에 손가락도 꼼지락거렸던 것 같다. 아, 릴리는 이러면 안 되는데. 릴리는 차분한 인물인데. 릴리는…….

릴리는 정말 이 상황에서도 차분했을까?

로봇처럼 딱딱하게 사과를 건넸을까. 그러지 않았을 거야. 자기 편해지자고 하는 게 사과겠어? 나는 부들부들 떨리던 손을 진정시키고 그에게 고갤 숙이며 말했다.

"*미안해요. 정말 미안해요, 라파엘라…….*"

숙인 고개 밑으로 눈물이 한 방울, 두 방울 떨어지기 시작했다. 나는 고개를 들 수 없었다. 이 꼴로 고개를 들었다간 연극을 망칠 게 분명했다. 울음소리가 새어나가지 않게 입술에 힘을 꽉 주는 게 고작이었다.

"*릴리.*"

현진이가 차분하게 나를 불렀다.

"*고개 들어봐, 릴리.*"

나는 좀 당황했다. 이런 대사가 아니었던 걸로 기억한다. 애초에 내가 고개를 숙이며 눈물을 흘린 것부터가 애드리브이긴 했는데, 현진이도 내 애드리브에 맞춰주는 것 같았다.

나는 눈물을 소매로 닦으며 고개를 들었다. 눈앞에 앉아있는 현진이는 잠깐이지만 라파엘라처럼 보였다.

"*나는…… 카르멘도 너도 소중해. 사랑하냐고 물으면……*
응, 사랑해."

라파엘라가 책상에 있던 손수건을 건넸다. 나는 그걸 덥석 받았다.

"그래서…… 다시 돌아와서 기뻐. 내가 해줄 말은 이거야."

*

"다들 수고 많았어! 진짜 잘하더라."

아라가 박수를 쳤다. 다들 수고 많았다고, 아라뿐만 아니라 모두가 서로에게 위로를 말했다.

"마지막 애드리브 괜찮더라. 누구 아이디어야?"

현진이와 나는 이 말에 서로를 쳐다보다 웃음이 터졌다. 우린 즉석에서 만들어진 거라며 콧방귀를 꼈다.

뒤풀이가 끝나고 돌아가는 길 하늘은 노랬다. 난 엄마를 찾아가 봐야겠다고 마음먹었다. 그래서 터미널로 향했다.

긴장감? 그런 건 진작 사라졌었다. 연극이 끝나고부터는 이 말을 엄마에게 꼭 해주고 싶다는 마음만이 강하게 들었다. 저번엔 걱정되는 마음에 다리가 덜덜 떨렸다면, 이번엔 다른 이유로 다리가 떨렸다.

당신이 좋아하던 연극. 그리고 나. 모든 게 이성적인 이해로 해결되는 세상이었으면, 마음이라는 말은 탄생하지도 못했을 것이다. 대표님도, 현진이, 희솔이, 아라, 채림 언니도 다 자기 방식으로 연극을 이해하고 그만큼 열정을 쏟아부었다. 나는 이 조화가 참 좋다고 느꼈다.

다행히 병원 면회 시간은 넘지 않았다. 나는 허겁지겁 엘리베이터를 타고 703호로 향했다.

나는 조용히 703호 문을 열고 들어갔다. 아영이는 옆에 기대어 졸고 있었다. 엄마는 티비를 보다가 내가 온 걸 눈치채곤 흠칫 놀란 표정을 보였다.

"문영아, 갑자기 무슨 일이야?"

나는 조심스레 옆에 앉았다. 그리고 엄마를 바라보며 이렇게 말했다.

"엄마."

"응?"

"다시 돌아와 주셔서…… 정말 기뻐요."

내 진심 어린 용서로 엄마가 오래오래 건강하길. 엄마 눈을 바라보며 그렇게 빌었다.

당신이 좋아하던

초판 1쇄 발행 2024년 02월 28일

글 유윤성
편집장 정한나
펴낸이 조승래
펴낸곳 밤산책가
디자인 임가민
출판진 문세연, 임지인, 조승래
출판등록 제2023 - 000024호
주소 광주광역시 동구 금남로 245
연락처 yeosu115@naver.com

ⓒ밤산책가

ISBN 979-11-974185-6-3